AF395069

Y BWYSTFIL a'r BETSAN

SIOE FAWR Y BWYSTFIL

Y fersiwn Saesneg:

Cyhoeddwyd gyntaf ym Mhrydain yn 2021 gan Farshore sy'n adran o
HarperCollins*Publishers*, 1 London Bridge Street, Llundain SE1 9GF

Hawlfraint y testun © Jack Meggitt-Phillips 2021
Hawlfraint y lluniau © Isabelle Follath 2021
Delwedd ffrâm ar dudalen 282 © Shutterstock 2021

Mae Jack Meggitt-Phillips ac Isabelle Follath yn datgan
eu hawl fel awdur ac arlunydd y gwaith hwn.

Cedwir pob hawl.

Argraffiad gwreiddiol wedi'i gyhoeddi yn Saesneg dan y teitl:
The Beast and the Bethany: Revenge of the Beast

Y fersiwn Cymraeg:

Cyhoeddwyd yn y Gymraeg gan Atebol Cyfyngedig, Adeiladau'r Fagwyr,
Llanfihangel Genau'r Glyn, Aberystwyth, Ceredigion SY24 5AQ

Addaswyd gan Elidir Jones
Dyluniwyd gan Owain Hammonds
Golygwyd gan Adran Olygyddol Cyngor Llyfrau Cymru

Hawlfraint © Atebol Cyfyngedig 2022

Cedwir pob hawl.

Ni chaniateir atgynhyrchu unrhyw ran o'r deunydd hwn na'i drosglwyddo ar
unrhyw ffurf neu drwy unrhyw fodd, electronig neu fecanyddol, gan gynnwys
llungopïo, recordio neu drwy gyfrwng unrhyw system storio ac adfer, heb
ganiatâd ysgrifenedig y cyhoeddwr.

ISBN: 978-1-80106-259-6

Dymuna'r cyhoeddwr gydnabod cymorth ariannol Cyngor Llyfrau Cymru

www.atebol.com

Y BWYSTFIL a'r BETSAN

SIOE FAWR Y BWYSTFIL

Jack Meggitt-Phillips

Lluniau gan Isabelle Follath

Addaswyd gan Elidir Jones

atebol

Y Dechrau Bwystfilaidd

Pan oedd Heddwyn Ploryn yn ddeuddeg oed, roedd y byd yn llawer ieuengach.

Yn hytrach na cheir, roedd y strydoedd yn llawn ceffylau a throliau. Yn lle ffonau a chyfrifiaduron, fe fyddai pobl yn siarad â'i gilydd mewn llythyrau ac wrth weiddi'n obeithiol allan o'r ffenest.

Doedd dim ffotograffau'n bodoli, ac felly os oeddech chi'n hoffi lluniau o'ch hun yn gwisgo dillad crand neu'n bwyta pryd deniadol o fwyd, doedd dim dewis ond teithio gyda'ch arlunydd personol eich hun. Dim ond gair hurt oedd 'trydan' bryd hynny, ac roedd rhaid i rywun fod â chasgliad swmpus o ganhwyllau os oedden nhw am ddarllen yn y gwely.

Yn syml iawn, roedd yn adeg annifyr iawn i fod yn fyw. Ac yn arbennig o annifyr i Heddwyn druan, oedd yn blentyn amhoblogaidd dros ben.

Mae'n anodd dweud pam ei fod mor amhoblogaidd. Oherwydd ei wyneb hunangyfiawn, efallai, neu am ei fod yn gwisgo dillad mawreddog – yn llawn lliwiau llachar a ryffiau.

Beth bynnag y rheswm, roedd yn gwbwl amlwg nad oedd y plant eraill yn hoff iawn o Heddwyn bach. Chafodd o erioed wahoddiad i'w gwleddoedd, gornestau marchogaeth, neu dripiau i'r theatr, ond doedd hyn byth yn rhwystro Heddwyn rhag dangos ei wyneb. Yn wir, byddai Heddwyn yn treulio'r rhan fwyaf o'i amser yn sefyllian tu allan i *Siop Basteiod Llan-y-Llaca*, yn gwybod bod y plant eraill yn ymgasglu yno o dro i dro ac yn herio ei gilydd mewn cystadlaethau bwyta pastai.

Ond, yn fwy aml na pheidio, byddai Heddwyn yn treulio diwrnod cyfan y tu allan i'r siop heb i'r un plentyn gyrraedd. Treuliodd ei amser yn ymarfer ei sgiliau sgwrsio wrth siarad â'r wal. Byddai'n dweud pethau fel:

"Dyma ddiwrnod i'r brenin, yndê?"

Neu:

"Welaist ti'r gomedi newydd 'na gan Wili Ysgwydbethna? Na, doeddwn i ddim yn deall y jôcs chwaith."

A:

"Beth am y pla, felly? 'Na i chi lwc ddrwg."

Ddywedai'r wal ddim byd wrth Heddwyn. Ond doedd yntau ddim yn malio llawer, gan feddwl bod yr holl sgyrsiau un-ffordd yn ymarfer da ar gyfer y peth go iawn. Roedd yn siŵr y byddai'r plant eraill yn gadael iddo ymuno â'u hwyl pasteiog – petai'n medru taro ar y pwnc iawn ar gyfer sgwrs, neu'n gwisgo'r nifer cywir o ryffiau ar ei grys.

Ar un o'r diwrnodau yma, wrth iddo lechu y tu allan i'r siop basteiod, clywodd Heddwyn dwrw mawr yn y sgwâr gerllaw. Roedd crïwr y dref wedi rhoi'r gorau i'r hefru arferol am y bargeinion gwych yn siop ddillad ei wraig, a bellach yn gweiddi rhywbeth mewn llais taer. Doedd Heddwyn ddim yn medru clywed yr union eiriau, wrth i dwrw a stŵr y stryd foddi'r cyfan.

Dechreuodd dynion difrifol iawn yr olwg, yn gwisgo clogynnau lliw sgarled a hosanau gwyrdd gwirion dros ben, ddringo o gefnau eu ceffylau. Roedd pob un yn gafael mewn trwmped fel petai'n arf, a'u hwynebau'n llwyd gan bryder.

"Tithe, fachgen!" gwaeddodd un ohonyn nhw. Gwelodd Heddwyn fod arfbais ar ei glogyn, ac arni'r geiriau *Adran yn Erbyn Rabsgaliwns Od neu Adynod.* "Ydych chi wedi gweld y creadur peryclaf sydd erioed wedi tywyllu'r

ddaear? Gwalch o'r radd flaenaf. Adyn llwyr, os buodd 'na un erioed."

Roedd Heddwyn yn weddol sicr y byddai'n cofio creadur felly, ond gan mai bachgen da oedd o, gwnaeth ei orau i helpu'r dyn. Aeth tua deuddeg eiliad heibio cyn iddo fynd drwy ei atgofion i gyd.

"Na, dwi bron yn sicr," meddai Heddwyn. "Ai chwarae cuddio ydych chi? Does neb wedi cytuno i chwarae gyda mi eto, ond doeddwn i ddim yn meddwl bod unrhyw un arall yn cael helpu."

"Dydw i ddim yn chwarae gêm, y twpsyn! Os nag y'n ni'n cael gafael ar y creadur cyn iddo adennill ei nerth, wyddwn i ddim beth yn y byd ddigwyddith," meddai'r dyn clogynnog.

"Brensiach mawr," meddai Heddwyn. "Fyddwn i wrth fy modd petawn i wedi'i weld. Ond fel y dywedais i, does dim creaduriaid fan hyn. Na gweilch, nac adynod. Ddrwg gen i."

Roedd hyn yn sarhad mawr i'r dyn clogynnog. Ymlwybrodd yn ôl at ei geffyl mewn pwd a throtian i ffwrdd. Aeth gweddill y dynion, yn eu clogynnau a'u hosanau, ymlaen â'r helfa – gan daro drysau i'r llawr a gofyn cwestiynau pigog – ond cafodd sylw Heddwyn ei dynnu i gyfeiriad arall yn fuan iawn, wrth iddo weld tri o blant yn nesáu at y siop basteiod.

"Yn seler y Foneddiges Morien oedd e, medden nhw. Roedd hi wedi'i guddio rhag yr Adran am ganrifoedd," meddai Peredur Pishyn, bachgen oedd yr un mor annymunol â'i wyneb.

"Does neb yn byw am ganrifoedd, f'annwyl frawd, felly dyw hynny'n sicr ddim yn wir," meddai ei chwaer arbennig o an-annwyl, Penelopen Pishyn. "Glywais i fod y creadur mor fawr â bryncyn, nes i'r Adran fwydo trwmped iddo fe. Mae un o gymdogion Morien wedi'i weld yn crebachu fel balŵn ac yn saethu mas o'r tŷ, medden nhw."

"FI MOYN SANAU – NAWR!" mynnodd Pyrsi Pishyn, plentyn ieuengaf y teulu annioddefol.

Yn gyffredinol, roedd pobl y dref yn ystyried y teulu Pishyn fel poendod llwyr, ond doedd Heddwyn ddim mewn sefyllfa i fedru dewis ei ffrindiau. Wrth iddyn nhw agosáu, taclusodd Heddwyn y ryffiau ar ei grys, a chofio ei holl wersi ar siarad mân.

"Dyna lwc ddrwg am y gomedi gan Wili, yndê? Na, chefais i ddim y pla chwaith," meddai Heddwyn. Gwgodd. "Arhoswch funud. Na. Ga i roi cynnig arall ar hynny?"

Goleuodd wynebau'r Pishynnod. Ffrwydrodd gwên o lawenydd ar draws wyneb Heddwyn hefyd, gan gamddeall y sefyllfa'n llwyr a meddwl bod pawb yn ffrindiau pennaf.

"Wel, wel, wel – drychwch pwy sy'n awchu am gweir arall. Neb llai na Mr Heddwyn Pwwwwpsyyyyn," meddai Peredur.

"Dwi wrth fy modd gyda'r enw 'na," meddai Heddwyn, yn llwyr o ddifri. "Ddarllenais i'n rhywle ei bod yn bwysig iawn i ffrindiau roi glasenwau i'w gilydd."

"Dy'n ni ddim yn *ffrindiau*, Pwpsyn. Ddylet ti wybod erbyn hyn beth sy'n digwydd pan wyt ti'n defnyddio'r gair yna i'n disgrifio ni," meddai Peredur.

"Hmm? O ie, y gêm 'na lle ry'ch chi'n rhedeg ar fy ôl i, yn taflu brigau a cherrig," meddai Heddwyn. "Dyna i chi sbort.

Ond falle wnaiff sgwrs fach y tro? Mae'r wal a fi wedi bod yn ymarfer ers oriau maith."

Daeth yn glir yn fuan iawn nad oedd y Pishynnod yn teimlo fel sgwrsio. Rhuthrodd y tri at Heddwyn, gan redeg ar ei ôl drwy'r sgwâr ac allan i'r caeau y tu ôl i'w gartre. Taflodd y tri enwau cas, sarhaus, ac ambell garreg at gefn ei ben.

Gyda'i goesau hir a heglog, chafodd Heddwyn ddim trafferth yn gadael y tri ar ei ôl. Wrth redeg, gwnaeth ei orau i ddarbwyllo ei hun mai gêm arall oedd hon, er ei fod yn gwybod ym mêr ei esgyrn ei fod ddim yn chwarae mewn gwirionedd. Fel pawb arall, roedd y Pishynnod wedi drwglicio Heddwyn yn syth, a doedd dim byd y medrai wneud am y peth. Doedd siopa am grysau neu siarad â waliau ddim am wneud i bobl ei hoffi a'i barchu.

Ond yna, wrth iddo wibio'n ôl at ei ddrws cefn, safodd ar rywbeth soeglyd. Cymerodd gip o dan ei esgid, a darganfod bod y peth soeglyd yn lwmp o rywbeth llwyd, tua maint mwydyn. Wrth graffu'n agosach fyth, gallai weld tri llygad a dwy dafod ddu, a cheg yn glafoerio. Roedd ganddo dentaclau bach pitw, ac roedd ei anadl yn ogleuo fel cabaitsh wedi berwi.

"*Help,*" meddai'r peth bach, wrth i Heddwyn ei grafu oddi ar ei esgid.

Yn ei sioc a'i fraw, gollyngodd yntau'r lwmp yn syth. Plygodd i'w godi, gan sychu dafnau o fwd o'i lygaid.

"Ymddiheuriadau lu," meddai Heddwyn. Wrth iddo astudio'r peth soeglyd yn ofalus, dechreuodd ddeall ei fod yn gafael mewn rhywbeth anhygoel. Daliodd i syllu am rai eiliadau, cyn cofio'n sydyn fod cwrteisi'n hynod bwysig ar bob adeg. "Heddwan ydw i. Heddwyn! *Heddwyn* ydw i. Ddrwg gen i."

"*Bwystfil ydw i. Helpa fi, Heddwyn. Chdi ydi fy unig obaith.*"

Y Dad-Fwystfilo

"Am greadur – mor wahanol i unrhyw beth welais i erioed! Am brydferth, am urddasol, am osgeiddig – rwyt ti'n haeddu'r byd yn grwn, a dwi'n gaddo'r cyfan i ti ar blât."

Bum can mlynedd yn ddiweddarach, roedd Heddwyn wrthi'n socian yn ei fath swigod boreuol, yn sibrwd yn addfwyn i'r adlewyrchiad yn ei ddrych llaw. Dros y canrifoedd, roedd wedi dysgu bod drychau'n wrandawyr llawer gwell na waliau – yn enwedig wrth ddilyn rhaglen gynhwysfawr o ofal croen a hylifau hud oedd yn gwneud eich wyneb mor hardd â lleuad yr hwyrddydd.

"Pam wyt ti mor drist?" gofynnodd Heddwyn iddo'i hun. "Achlysur i'w ddathlu yw'r bath boreuol erioed!"

Ers cychwyn ei fywyd hir, hir, roedd Heddwyn wedi socian mewn bath 186,275 o weithiau, a phob un wedi bod yn achlysuron hapus dros ben. Heddiw, serch hynny, roedd rhywbeth mawr o'i le.

Yn un peth, doedd Heddwyn ddim yn medru dod o hyd i'w hoff hwyaden rwber dalentog. Daeth hyn fel ergyd sylweddol iddo, gan fod Wynff yn hwyaden fach oedd wedi perfformio triciau a chanu siantis teimladwy bob bore ers i'r bwystfil ei chwydu allan.

Ar ben hynny, roedd rhywbeth od dros ben am arogl yr ystafell folchi. Diolch i'r bwystfil, roedd Heddwyn wedi arfer â bath yn llawn o'r ewyn a'r persawr gorau yn y byd, ac eto roedd arogl eithriadol o rad ac annymunol yn dianc o'r swigod heddiw – fel petai rhywun wedi rhoi powdr golchi llestri yn y bath yn lle ei swigod persawrus a drud arferol.

Yn olaf, ac yn waeth na'r cyfan, roedd neges flêr ar ei ddrych llaw, wedi'i hysgrifennu gan fysedd seimllyd Betsan:

HEI, MISTAR SNICHYN. DIM AMSER AR GYFER BATH HEDDIW. MAE ANGEN DAD-FWYSTFILO.

Yn naturiol, roedd Heddwyn wedi anwybyddu'r neges yn llwyr. Wedi'r cyfan, dyw cael bath byth yn wastraff amser. Credai'n gryf fod bath ar ei orau ar yr union adeg roedd pobl eraill yn ymdrechu i'ch llusgo allan ohono.

Serch hynny, daliodd y neges i'w ddigio a'i gythruddo, gan wneud iddo bendroni beth yn union oedd Betsan wedi'i gynllunio'r diwrnod hwnnw. Yn y pen draw, daeth ei chwilfrydedd yn ormod. Camodd o'r bath ddwy awr yn gynnar, gwisgo'i byjamas, sliperi a gŵn nos yn frysiog, ac anelu am waelod y grisiau.

Roedd siwrne Heddwyn yn llawn penbleth a pheryg, gan fod ambell beth gwerthfawr o'i dŷ pymtheg llawr wedi diflannu o'u llefydd arferol. Drysodd yn llwyr wrth sylweddoli bod yr holl ddodrefn o'r ystafelloedd melfed wedi mynd, a chadeiriau cynfas a chlustogau gwynt yno yn eu lle. Daeth braw i gymryd lle dryswch Heddwyn ar ôl darganfod bod ei hoff gasgliad o ddarluniau hardd wedi diflannu o'r wal. Yno erbyn hyn roedd casgliad o ddŵdls a lluniau plentynnaidd iawn wedi'u sgriblo fel graffiti ar y papur wal, a'r cyfan wedi'i arwyddo gan Betsan.

"Na, na, na!" meddai Heddwyn, gan lamu i lawr y grisiau er mwyn siarad â Betsan yn ei lais 'Dwi braidd yn grac' gorau. "Beth ar y ddaear wyt ti'n wneud?"

"Cwestiwn twp," meddai Betsan. Roedd hi'n llygad ei lle gan ei fod yn gwbwl amlwg ei bod yn gwneud ei gorau i symud piano o'r ystafell fyw. "Tân arni, Mistar Snichyn. Mae angen i hwn fod ar y stryd efo'r holl stwff arall."

"Wna i ddim cyffwrdd â'r peth 'na!" meddai Heddwyn. "Wna i ddim lladrata o 'nhŷ fy hun."

"Helpu ydan ni, nid lladrata. Mae Esyllt a fi wedi bod yn gweithio *moooooor* galed," meddai Betsan.

Ac yna, hedfanodd Esyllt y parot piws Wintloraidd i'r tŷ nerth ei hadenydd, er mwyn profi pa *moooooor* galed roedd hi wedi bod yn gweithio. Roedd ei thalcen pluog fymryn yn damp gan chwys.

"Dyna'r olaf o'r tebotiau byw, fy nhwmplen 'falau!" meddai hithau, gan ymestyn ei hadenydd yn falch. "Hawddamor, Heddwyn! Yw Betsan wedi sôn am ein hymdrech glodwiw i ddad-fwystfilo?"

"Dad-fwystfilo?" gofynnodd Heddwyn.

"Ia," meddai Betsan yn blaen. "Dad-fwystfilo."

Suddodd Esyllt ei chrafangau i'r piano, a chynorthwyo Betsan yn ei hymdrechion i'w lusgo allan. Doedden nhw ddim yn ddigon cryf na chraff i symud yr offeryn heb wneud difrod mawr i'r waliau a'r lloriau.

"Pam bod angen dad-fwystfilo?" gofynnodd Heddwyn. "Mae Esyllt wedi llwyddo i *ladd* y bwystfil. Dyna hen ddigon o ddad-fwystfilo'n barod, wedwn i."

"Rhag eich cywilydd chi. Dydw i ddim yn llofrudd! Digwydd bwyta'r bwystfil ar gamgymeriad wnes i, ac rydw i wedi teimlo'n erchyll ers hynny, i chi gael gwybod," meddai Esyllt, gan chwyddo ei brest bluog.

"Paid â theimlo'n erchyll. Roedd y bwystfil yn anghenfil creulon, ofnadwy oedd isio fy mwyta i!" meddai Betsan.

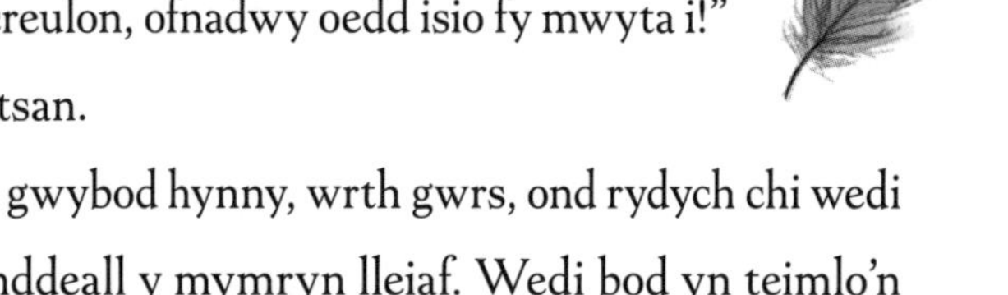

"Rwy'n gwybod hynny, wrth gwrs, ond rydych chi wedi camddeall y mymryn lleiaf. Wedi bod yn teimlo'n erchyll yn *gorfforol* ydw i. Camdreuliad, neu rywbeth tebyg. Dydw i ddim wedi cysgu'n dda ers wythnosau," meddai Esyllt.

"Dwi'n dal ddim yn deall beth sydd gan hyn oll i'w wneud gyda chi'ch dau'n dwyn fy holl bethau," meddai Heddwyn.

"Nid dy *holl* bethau. Dim ond y stwff roedd y bwystfil wedi'i chwydu. Roedd Esyllt yn meddwl y byddai'n llesol i ni," eglurodd Betsan. "Dwi ddim isio edrych ar yr holl stwff 'ma, a ddylet ti ddim chwaith. Fel y piano 'ma. Wyt ti'n cofio pwy oedd yn gorfod marw er mwyn i ti gael gafael ar hwn?"

Syllodd Heddwyn ar ei sliperi gyda golwg euog ar ei wyneb. Er mwyn cael gafael ar y piano, roedd wedi rhoi Padrig i'r bwystfil ei fwyta – parot piws Wintloraidd

arall, oedd yn digwydd bod yn gefnder i Esyllt. Roedd Esyllt wedi bod yn eithriadol o oddefgar am yr holl beth.

"Iawn, gawn ni werthu'r piano, a 'chydig o'r cyllyll a ffyrc aur, falle" meddai Heddwyn. Ymunodd â'r dasg o symud y piano, yn erbyn ei ewyllys braidd, wrth iddo wasgu drwy'r drws ffrynt. "Ond peidiwch â cholli'ch pennau, da chi."

Ar ôl gadael y tŷ, gwelodd Heddwyn eu bod wedi hen golli eu pennau. Roedd y lawnt wedi'i phlastro gan fynydd o'r anrhegion gafodd eu chwydu gan y bwystfil dros y pum can mlynedd diwethaf – yr holl bethau roedd Heddwyn wedi erfyn amdanyn nhw ar y cychwyn, gan feddwl y bydden nhw'n ei helpu i wneud ffrindiau, a phopeth arall ddaeth ar eu holau, er budd neb ond fe ei hun, neu er mwyn gwneud eraill yn genfigennus.

Roedd ei hylifau bath persawrus yno, a Wynff yr hwyaden fach rwber. Gwelodd oergelloedd pwdin, coeden Nadolig oedd yn ei haddurno ei hun, sugnwr llwch oedd yn darllen meddyliau ac yn glanhau pryd bynnag roeddech chi'n meddwl bod eich tŷ yn llychlyd, setiau teledu maint gwlâu dwbwl, siwt gofodwr – a phob math o bethau rhyfeddol eraill. Teimlai Heddwyn fel petai ei holl fywyd yng nghwmni'r bwystfil yno i bawb ei weld.

"Betsan, wyt ti eisiau fy lladd i neu rywbeth?" gofynnodd yntau.

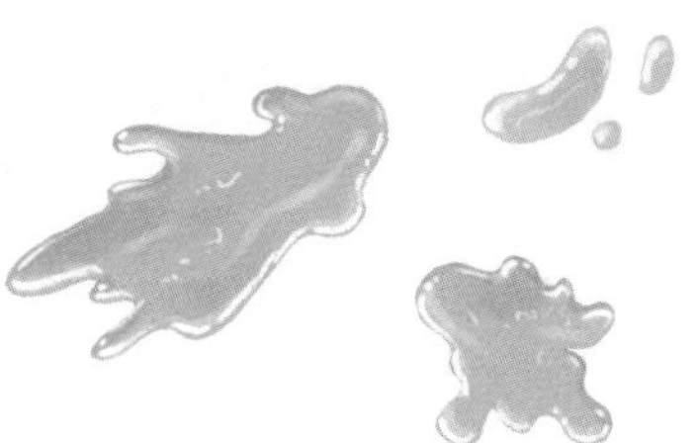

Y Gêm Fawr

"Dwi'n marw," meddai'r bwystfil, ganrifoedd maith yn gynharach.

Edrychodd Heddwyn y tu ôl iddo. Doedd y Pishynnod ddim yn bell, a phob un wedi'u harfogi gyda brigau, cerrig, a mwd. Trodd ei sylw'n ôl at y bwystfil, a phendroni beth i'w wneud.

"Os ga i ddim byd i'w fwyta'n fuan, dwi'n siŵr o ddiflannu. Dwi angen dy help – dangosa fymryn o garedigrwydd, yn enw popeth."

Doedd neb wedi dweud eu bod nhw angen Heddwyn o'r blaen. Yn gyffredinol, teimlai fel petai dan draed drwy'r adeg – ac o dan draed ei fam yn enwedig. Peth prin iawn oedd teimlo y gallai fod o gymorth i rywun, a neidiodd ar y cyfle trwy fwydo ambell ddyrnaid o laswellt a dant-y-llew i'r bwystfil.

"*Caredig iawn,*" meddai'r bwystfil, mewn llais meddal a llithrig. "*Ond y math anghywir o garedigrwydd. Ga i ddim math o gryfder o'r stwff yma.*"

Mentrodd Heddwyn gip y tu ôl iddo eto, a gweld bod y Pishynnod o fewn tafliad carreg. Gwibiodd i un ochr a chipio mwyar duon o wrych cyfagos.

"Cynnig da," meddai'r bwystfil gan sgyrnygu trwy ddannedd miniog bychan. "Ond dydi hyn ddim yn bryd go iawn, nag'di? Mae'n siŵr gen i, yn rhwla fan hyn, y medri di ddod o hyd i rywbeth efo ... curiad calon?"

Dechreuodd Heddwyn chwilota'n frysiog, ond yr unig beth byw a welai oedd pry cop oedd wrthi'n pendwmpian ar we rhwng dau wrych. Ymddiheurodd i'r pry cop cyn ei gynnig i'r bwystfil.

Cafodd y peth druan – a'i gartre – eu llowcio gan y bwystfil mewn un brathiad mawr. Lledaenodd gwên lafoeriog ar draws ei weflau, a thyfodd ei gorff bach fymryn yn fwy.

"*Dalia ati. MWY!*" meddai'r bwystfil.

Yn ffodus i Heddwyn, dyma löyn byw yn hedfan heibio iddo'r eiliad honno. Yn anffodus i'r glöyn byw, llwyddodd Heddwyn ei fwydo i'r bwystfil.

Lledaenodd y wên lafoeriog yn lletach fyth, a thyfodd corff y bwystfil unwaith eto.

"Hogyn clyfar dros ben – ti wedi'i dallt hi," meddai'r bwystfil. *"Fydda i'n fawr ac yn gryf eto o fewn chwinciad."*

Roedd Heddwyn yn falch ei fod wedi plesio'r creadur rhyfedd, ond torrodd carreg ar draws ei fodlonrwydd wrth iddi hedfan drwy'r awyr, taro yn erbyn ei ysgwydd, a rhwygo ei grys.

Peredur oedd wedi'i thaflu, a daliai frigyn pigog yn ei law arall. Roedd ei frawd a'i chwaer ill dau yn dal peli mwd sbloetshlyd yn fygythiol.

"Does dim dianc nawr, Heddwyn Pwwwpsyn," meddai Peredur. "Dwi'n beryg bywyd gyda brigau fel hyn."

Yn reddfol, gorchuddiodd Heddwyn y bwystfil â'i law rydd, er mwyn ei amddiffyn rhag y Pishynnod. Gwenodd yn wannaidd tua'r tri ohonyn nhw.

"Llongyfarchiadau, chi sy'n ennill!" meddai Heddwyn, gan ymdrechu i gadw ei lais yn ysgafn ac yn gyfeillgar. "Gêm wych, mae'n rhaid dweud. Ai fi sydd i fod i redeg ar eich hôl chi nawr?"

"Nid gêm yw e, y Pwwwpsyn heb ffrindie," meddai Penelopen. Taflodd belen fwd, a tharo Heddwyn yn daclus ar ei stumog gan adael staen erchyll ar ei grys.

"Does dim rhaid ymddwyn fel hyn. Falle, petaech chi'n rhoi cyfle i mi, y byddwn ni'n ffrindie," meddai Heddwyn.

"A byddwch yn ofalus, dwi'n erfyn arnoch chi. Mae'r crys yma wedi'i wneud o'r sidan gorau."

Wnaeth hyn ddim daioni i'r berthynas rhwng Heddwyn a'r plant. Taflodd Pyrsi ei belen fwd a gadael clais cas ar ben-glin Heddwyn.

"Awww. Dyma un o fy nhri pâr gorau o drowsus," meddai Heddwyn, gan rwbio ei ben-glin gyda'r llaw oedd wedi bod yn gorchuddio'r bwystfil.

"Beth yw hwnna?" gofynnodd Peredur, gan bwnio'r bwystfil â'i frigyn pigog.

Gwelodd Heddwyn fod y bwystfil yn gwingo'n flin yn ei law. *Rhag eich cywilydd chi'n trin fy ngwas bach fel hyn! Oes gennych chi unrhyw syniad pwy ydw i?" gofynnodd i Peredur.*

"Ai mwydyn anwes sgen ti? Mam bach, rwyt ti'n bwwwpsyn," meddai Peredur.

"*Iawn, dyna ddigon!*" Caeodd y bwystfil ei dri llygad du a chau ei geg lafoeriog. Dechreuodd wiglo ei lwmp o gorff, a gwneud sŵn hymian isel wrth symud o ochr i ochr. Yna, heb rybudd, agorodd ei lygaid unwaith eto. Agorodd ei geg yn llydan a chwydu ffynnon o dân.

Sgrechiodd y Pishynnod a chyrcydu er mwyn osgoi'r fflamau. Gollyngodd y tri yr arfau ar y llawr a throi'n lliw gwelw, papuraidd.

"O, mam bach, mae'n wir ddrwg gen –" dechreuodd Heddwyn, cyn iddo weld sut olwg oedd ar y Pishynnod bellach. Roedd eu llygaid yn llawn y math o ofn oedd yn edrych yn rhyfeddol o debyg i barch.

"*Tafla fi at yr un â'r wyneb annifyr, os ti ffansi mymryn o hwyl,*" sibrydodd y bwystfil, yn ei lais llithrig.

Doedd Heddwyn erioed wedi bod ar yr ochr yma o'r gêm daflu, ac yn ysu am roi cynnig arni. Taflodd y bwystfil at Peredur. Wrth iddo hwylio drwy'r awyr, hymiodd a wiglodd y bwystfil unwaith eto, cyn chwydu cwmwl o bowdwr cosi.

"Affaffaffaffaff!" pesychodd Peredur. Aeth ymlaen i ychwanegu "Wffyyyyyyy!" bach ac ambell i "Pych-a-fi!", wrth iddo grafu pob modfedd o'i gorff.

Chwarddodd Heddwyn. Wrth iddo wneud, rhedodd Penelopen a Pyrsi nerth eu traed, ond doedd y bwystfil ddim wedi gorffen â'u brawd eto.

Eisteddodd y bwystfil ar ysgwydd Peredur, gan droi i wynebu Heddwyn. Roedd ei dri llygad yn awchu am gael dial. *"Gwylia wrth i fi doddi'r plentyn 'ma'n bwll. Fy ffordd fach i o ddiolch i ti."*

"Na, wir. Dyna gynnig caredig iawn, ond does dim angen. Dydw i ddim eisiau i unrhyw un gael ei droi'n bwll er fy mwyn i," meddai Heddwyn.

Ond roedd rhan ohono'n dychmygu sut y byddai Peredur yn edrych ar ffurf pwll. Ymlwybrodd ato'n araf ac, am y tro cyntaf erioed, gwyddai sut beth oedd bod yn fwy pwerus na rhywun arall. Roedd gweld y braw yn llygaid ei boenydiwr yn rhyfeddol o bleserus.

"Gadewch i fi fynd, dwi'n erfyn arnoch chi," gofynnodd Peredur yn daer.

"Na, na na – nid dyna sut mae'r gêm yma'n gweithio," meddai Heddwyn. "Dwyt ti byth yn gwrando ar ôl i *fi* ofyn i ti beidio taflu pethau. Mae hyn yn rhan o'r hwyl, siŵr iawn."

Yn udo ac yn igian crio, crefodd Peredur ar Heddwyn i achub ei fywyd. Ar ôl i Heddwyn weld bod y bwystfil yn chwerthin, chwarddodd yntau hefyd.

"Wna i unrhyw beth," llefodd Peredur. "Cer â hwn o 'ma!"

"*Unrhyw* beth?" gofynnodd Heddwyn. Meddyliodd am ennyd am yr holl bethau yr hoffai eu derbyn yn wobr. "Wel, os wyt ti wir yn golygu hynny – wnei di fod yn ffrind i mi? O, a mynnu bod yr holl blant eraill yn fy ngwahodd i'w holl wleddau a gornestau marchogaeth?"

Nodiodd Peredur, ei wefus isaf yn crynu mewn braw.

"*Ac os wyt ti neu dy ffrindia bach annifyr yn sôn amdana i wrth unrhyw un, fydda i'n dod i chwilio amdanat ti,*" meddai'r bwystfil.

Nodiodd a chrynodd Peredur gyda chymaint o nerth nes iddo edrych fel petai ei ben am ddisgyn i ffwrdd. Gwenodd Heddwyn, ond nid yn wannaidd erbyn hyn. Cododd y bwystfil oddi ar ysgwydd Peredur a dweud, "Gei di adael nawr ... *Peredur Pwwwpsyn.*"

Wrth iddo redeg i ymuno â'i frawd a'i chwaer, penderfynodd Peredur nad oedd y jôc fach hon yn ddigri iawn – ond roedd y bwystfil yn gwneud digon o chwerthin ar ei ran ac yn edrych yn falch ar Heddwyn. Roedd hyd yn oed yn ymddangos fel petai wedi tyfu mymryn yn gryfach.

Aeth Heddwyn ymlaen ar ei daith am adre, y bwystfil yn ei law. Bob hyn a hyn, oedodd er mwyn codi pethau i'r bwystfil eu bwyta: mwydod, trychfilod, ac unrhyw beth arall oedd yn fach ac yn seimllyd. Erbyn iddyn nhw gyrraedd y drws cefn, roedd y bwystfil yr un maint â phêl dennis.

"Does neb erioed wedi bod mor garedig i mi o'r blaen," meddai Heddwyn. "Mae fy mam yn dweud y bydd fy mywyd yn gwella ar ôl i mi beidio bod mor annifyr ..."

"*Mae dy fam yn dwpsyn. Alla i ei thoddi hi'n bwll yn ddigon hawdd,*" meddai'r bwystfil.

"Na! A rhowch y gorau i fygwth troi pobl yn byllau," meddai Heddwyn. Edrychodd i lawr ar ei grys yn drist, wedi'i rwygo a'i orchuddio â mwd. "Ond os oes gennych chi unrhyw beth i drwsio fy nillad, fyddwn i'n ddiolchgar iawn."

"*Pam trwsio rhwbath sy 'di torri pan alli di gael rhwbath newydd a sgleiniog yn ei le?*" meddai'r bwystfil, gan grechwenu'n lafoeriog. Dechreuodd wiglo a hymian, cyn chwydu crys drud yr olwg gyda botymau aur.

"Dyma'r cyfog harddaf i mi ei weld erioed," meddai Heddwyn, wrth fwytho'r crys meddal yn addfwyn. "Rydych chi am aros gyda fi, gobeithio? Wnawn ni dîm gwych, rwy'n siŵr."

"*Fyddwn ni'n ffrindiau pennaf,*" meddai'r bwystfil, gan wneud i Heddwyn wrido. "*Paid â phoeni dim. Ti byth, byth am gael gwared arna i. Dwi'n gaddo.*"

GOBLYN
PINC

Yr Arwerthiant yn yr Ardd

Roedd Betsan wedi gosod stondin ar y stryd wrth ymyl y lawnt, gydag arwydd mawr arni:

POPETH BWYSTFILAIDD AR WERTH – YR HOLL ELW I'R CARTREF PLANT AMDDIFAD

"Mae angen cael gwared ar hwnna – ar unwaith," meddai Heddwyn.

"Twt, hen goes. Mae Betsan a minnau wedi bod yn brysur drwy'r bore yn gwneud yr arwydd 'na," meddai Esyllt.

"Dim ots gen i," meddai Heddwyn. "Roedd y bwystfil yn mynnu'n bendant y dylwn ei guddio rhag gweddill y byd.

Petai pawb yn gwybod am ei bwerau, mae'n debyg y cawn ni ymweliad gan yr *Adran yn Erbyn Rabsgaliwns Od neu Adynod* ... a phobl waeth fyth."

"Dydi'r bwystfil ddim yma bellach, a dwi'n licio'r arwydd. Mae'n aros," mynnodd Betsan. Plygodd ei breichiau er mwyn dangos glir mai dyna ddiwedd y drafodaeth.

Roedd Heddwyn ar fin anwybyddu ei breichiau croes ac erfyn arni unwaith eto, ond torrodd eu cwsmer cyntaf ar draws y sgwrs. Bachgen hunanbwysig oedd Elystan Wystrys, gyda ffroenau maint dyrnau. Fe oedd y cynta, fel arfer, i ddangos ei wyneb mewn unrhyw ffair stryd neu eisteddfod leol.

"A, Mr Ploryn, dyna hyfryd eich gweld chi yma. Doeddwn i ddim wedi bwriadu dod, ar ôl poeni mai un arall o gastiau Betsan oedd hyn oll," meddai Elystan.

"Dos i grafu, Wystrys!" meddai Betsan.

Aeth Elystan ddim i grafu. Cododd 'Y Bachgen Aur' (hoff ddarlun Heddwyn) a'i arogli'n hir.

"Mmmff! Allwch chi wir arogli'r grefft yn yr un yma."

"Dyw e ddim ar werth. Dydw i ddim am gael gwared ar yr un o'r darluniau," meddai Heddwyn. Edrychodd Esyllt arno'n flin, ond arhosodd Heddwyn yn benderfynol.

Ar ôl y fath ymddygiad digywilydd, fe fyddai'r rhan fwyaf o bobl wedi mynd i siopa yn rhywle arall, ond doedd Elystan

Wystrys ddim yn gwsmer arferol. Cerddodd yn hamddenol o amgylch y lawnt, yn pori drwy'r holl nwyddau ac yn chwilota am fargen. Cafodd ei arwain gan ei ffroenau at fwrdd caws heb unrhyw gaws arno – un wedi'i orchuddio â diemyntau roedd y bwystfil wedi'i chwydu ar ôl i Heddwyn fwydo teulu bychan o afancod iddo.

"Beth am yr enghraifft benigamp yma o grefft goginiol? Yw hwn ar werth?" gofynnodd Elystan.

Doedd Heddwyn ddim wedi defnyddio'r bwrdd caws diemwnt ers dros hanner canrif, ond doedd ganddo ddim awydd ffarwelio â'r peth chwaith. Roedd ar fin mynnu bod Elystan yn mynd â'i ffroenau oddi ar ei lawnt pan anelodd Betsan gic ffyrnig tuag ato – y math o gic oedd yn awgrymu'n gryf na ddylai fod mor haerllug eto.

"Hmff," meddai Heddwyn wrth Elystan. "Iawn, felly. Ond gofalwch amdano, yn enw popeth."

"Peidiwch chi â phoeni, Mr Ploryn, rydw i am drin hwn gyda pharchedig barch." Estynnodd Elystan am ei waled dew. "Faint yw ei bris, meddech chi?"

Rhannodd Heddwyn a Betsan olwg amheus. Doedd yr un ohonyn nhw'n dda iawn gydag arian; Betsan oherwydd doedd dim arian ganddi, a Heddwyn oherwydd bod llawer gormod ganddo yntau. Roedd Esyllt hefyd braidd yn dda-iddim, gan ei bod hi wedi arfer defnyddio'r ien Wintloraidd yn hytrach na'r bunt.

"Tair mil a dwy o bunnoedd," meddai Heddwyn.

"Powlen o ffrwythau a chas pensiliau newydd sbon," meddai Betsan, ar yr un pryd.

Gan esgusodi eu hunain, ffurfiodd Heddwyn, Betsan ac Esyllt gylch bychan. Ar ôl dadl chwyrn, penderfynodd y tri ar bris o £12.73.

Roedd yn fargen wych, gydag Elystan wedi'i fodloni gymaint fel ei fod wedi mynnu prynu Wynff yr hwyaden rwber hefyd. Soniodd Elystan wrth bawb nad oedd yr arwerthiant yn un o gastiau cymhleth Betsan, a dechreuodd y bobl leol ddangos eu hwynebau er mwyn bachu bargen.

Prynodd Miss Cawdel – gwneuthurwr losin gwyllt a gwallgo – yr oergelloedd pwdin gan dalu â darnau troellog o sierbet, tra bod y fadfall-ddynes oedd yn gweithio yn y sw wedi bachu sgwter ar gyfer yr epaod am bris rhad o £3.87. Roedd hyd yn oed Mostyn ap Tegell, perchennog y *Siop Gastiau*, wedi dangos ei wyneb, ac yntau fel arfer yn casáu cymysgu â'i gymdogion.

"Be ti'n neud yma?" gofynnodd Betsan.

"Yr un peth â phawb arall," atebodd Mostyn ap Tegell, gan grechwenu er mwyn dangos ei ddannedd aur. "Wedi dod i chwilota am rwbath sgleiniog i fynd adra efo fi. Be amdanat ti, Betsan? TI ddim 'di ymweld â'r siop ers sbel go lew. Ddylet ti weld rhai o'r triciau newydd sydd gen i. Maen nhw'n arbennig o ffiaidd."

"Dim diolch," meddai Betsan. "Dwi wedi rhoi'r gorau i'r math yna o beth. Dim mwy o gastiau cas."

Aeth Mostyn ap Tegell adre gyda'r gyllell finiocaf o'r set aur o gyllyll a ffyrc, gyda phopeth arall wedi gwerthu o fewn yr awr. Y piano a'r sugnwr llwch oedd yn darllen meddyliau

oedd yr olaf i fynd – cafodd rhain eu gwerthu i'r ceidwad adar am ugain o fwydod.

"Beth am ddeunaw a hanner?" gofynnodd y ceidwad adar. Roedd yn ddyn mawr, dymunol, ond yn ofalus iawn gydag arian.

"Ugain neu ddim byd, hen gybudd," meddai Betsan. "Ac os wyt ti'n dadla eto, dwi am eu gwerthu i rywun arall."

"Iawn, ond well bod hyn yn cynnwys costau cludiant. Dydych chi ddim yn disgwyl i mi lusgo rhain yr holl ffordd i'r siop, does bosib?" gofynnodd y ceidwad adar.

Cytunodd Betsan i gynnwys y costau yn y pris, a gollwng y mwydod i'w phocedi. Edrychodd Heddwyn o amgylch y lawnt – roedd yn wag, heblaw am y darluniau doedd o ddim am eu gwerthu.

"Mae'n teimlo fel petaech chi wedi gwerthu fy holl fywyd," meddai Heddwyn.

"Dim ond y rhannau bwystfilaidd. Ddylech chi gael gwared ar y darluniau hefyd," meddai Esyllt.

"Byth! *Fi* brynodd rhain! Dad-Heddwyno fyddai hynny, nid dad-fwystfilo!"

Fyddai Heddwyn erioed wedi medru prynu'r darluniau heb y bwystfil, ond roedd Esyllt wedi ypsetio cymaint fel ei bod hi wedi penderfynu aros yn ddistaw. Casglodd Betsan y blwch yn llawn arian a'r mathau rhyfedd eraill o dâl, wrth i Heddwyn godi'r arwydd a'r stondin. Anelodd y ddau'n ôl am y tŷ, ond arhosodd Esyllt ar ôl.

"Rhaid i mi hedfan, fy nhwmplenni 'falau," meddai hithau. "Mae gen i ddigonedd o ganeuon i'w dysgu cyn yr ymarfer heno."

Roedd Esyllt fymryn yn araf yn codi oddi ar y llawr – rhywbeth i'w wneud â'r holl nosweithiau di-gwsg, meddyliodd y ddau arall – ac ar ôl iddi adael, edrychodd Heddwyn am un tro olaf ar y lawnt wag a thrist. Roedd ei fywyd yn teimlo'n anghyflawn heb yr holl bethau chwydwyd gan y bwystfil.

"Paid ti â phoeni, fyddi di'n teimlo *gyyymaint* gwell – dwi'n gaddo," meddai Betsan.

Aeth y ddau i'r tŷ, gyda Heddwyn yn synnu dim wrth beidio teimlo *gyyymaint* gwell. Teimlai'n waeth ac yn waeth bob tro y gwelai'r llefydd gwag oedd unwaith wedi'u llenwi gan holl drugareddau'r bwystfil.

Yn ei ystafell, gwisgodd Heddwyn ei hoff bâr o drowsus er mwyn codi ei galon. Wrth iddo benderfynu pa grys i'w wisgo, daeth o hyd i'r un â botymau aur, wedi'i chwydu gan y bwystfil ganrifoedd maith yn ôl.

Crys hudolus oedd hwn, oedd wedi chwyddo a chrebachu dros y blynyddoedd wrth i siâp Heddwyn newid. Roedd deunyddiau drud y crys mor arbennig o ddisglair heddiw ag yr oedden nhw pan chwydodd y bwystfil y cyfan o'i geg.

"Hei, Mistar Snichyn, wyt ti'n dod i lawr, ta be?" gofynnodd Betsan o waelod y grisiau. "Mae angan i ni fynd â'r holl stwff 'ma i'r cartre plant."

Gwyddai Heddwyn yn iawn y dylai sôn wrth Betsan am y crys, a'r holl bethau eraill yn ei gwpwrdd roedd hi wedi anghofio amdanyn nhw fel rhan o'i hymgais fawr i ddad-fwystfilo – ond doedd ganddo ddim awydd colli'r crys, na gweld unrhyw un arall yn ei wisgo.

"Os dwyt ti ddim yma mewn deg eiliad, dwi am lenwi dy holl esgidia efo llefrith!" bloeddiodd Betsan.

Gyda'r mymryn lleiaf o euogrwydd, gwisgodd Heddwyn y crys. Tynhaodd o amgylch ei groen am eiliad anghyffforddus, ond yna llaciodd y defnydd a gallai Heddwyn anadlu eto. Er mor rhyfedd ac amhosib oedd hyn, teimlai fel petai'r crys yn anadlu hefyd.

"Fydda i yn y car whap!" gwaeddodd Heddwyn i lawr ati, gan fwytho llewys sidanaidd y crys. "A dwi'n siŵr y byddi di wrth fy modd gyda 'ngwisg i ..."

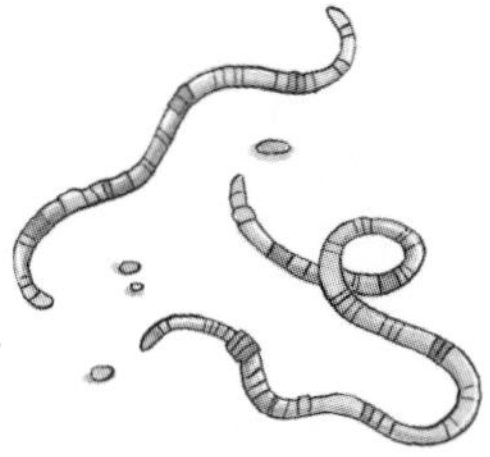

Y Diwrnod o Wneud Daioni

Roedd y crys â'r botymau aur mor llyfn a sidanaidd â *mousse* siocled perffaith, ac yn teimlo'r un mor ysblennydd ar groen Heddwyn ag erioed.

Nos Galan oedd y tro diwethaf i Heddwyn ei wisgo, pan oedd y bwystfil wedi chwydu sioe dân gwyllt bersonol i'r ddau ohonyn nhw tra'i fod mewn tymer dda am unwaith. Dechreuodd Heddwyn biffian chwerthin wrth feddwl am yr holl fflachiadau lliwgar a'r twrw yn hisian o amgylch atig y bwystfil.

"Ddudis i y byddai'r dad-fwystfilo yn gwneud i ti deimlo'n grêt," meddai Betsan.

Daeth piffian Heddwyn i ben yn sydyn, a daeth peswch nerfus i gymryd ei le.

"Doeddwn i ddim yn chwerthin oherwydd hynny," meddai yntau, gan droi ei sylw'n ôl at y gyrru.

"Be, felly?" gofynnodd Betsan.

"Ryw hen jôc am hipopotamws," meddai Heddwyn. "Dim ots, wir."

Gyrrodd drwy gatiau'r cartre plant, a dechreuodd Betsan wingo a theimlo'n od. Roedd hyn wastad yn digwydd, gan ei bod yn teimlo'n erchyll yn dychwelyd i'r lle y treuliodd hi flynyddoedd anhapusaf ei bywyd. Ac eto, roedd chwa o gynnwrf nerfus bob tro yn dilyn, oherwydd dyma'r lle roedd hi'n cael gweld Iestyn – rhywun oedd wedi dioddef ei chastiau sawl gwaith, ond a oedd bellach yn beryglus o agos at fod yn ffrind iddi.

"Mae cario'r mwydod 'ma yn gamgymeriad," meddai Betsan. Tynnodd lond llaw ohonyn nhw o'i phoced wrth i Heddwyn barcio. "Os ydi Iestyn yn gweld rhain, fydd o'n meddwl 'mod i am eu gwthio i fyny ei ffroenau. Rho di nhw i'r cartre plant."

"Na wna i. Dy broblem di yw'r mwydod."

"Dwi ddim am gael fy nal yn eu cario nhw. Rho nhw yn dy ddwylo, neu dwi am eu stwffio i fyny dy ffroenau. Dy ddewis di," meddai Betsan. Yn erbyn ei ewyllys, penderfynodd

Heddwyn eu cymryd yn ei ddwylo, wrth i Betsan gasglu'r blwch o arian a'r rhoddion eraill o'r arwerthiant.

Ar ôl gadael y car, trawyd y ddau gan holl ogoniant hyll y cartre plant. Edrychai fel y math o adeilad oedd wedi rhoi'r gorau'n llwyr ar blesio pobl – fel rhywun sy'n pigo'i drwyn yn gyhoeddus, heb unrhyw gywilydd. Fel arfer, roedd plant yn llenwi'r lle â sŵn, ond ar y diwrnod hwn roedd yn anghyfforddus o dawel.

"Lle ma Iest–?" cychwynnodd Betsan, cyn cywiro ei hun. "Neu, y ... lle ma pawb? Dyna o'n i'n feddwl."

Camodd cyfarwyddwr newydd y cartre allan i gyfarch y ddau, fel petai'n ymateb i gwestiwn Betsan. Ei enw oedd Glyn Clec, a doedd o ddim i'w weld yn hoff iawn o ymwelwyr annisgwyl.

"O na," meddai Glyn wrth Heddwyn. "Dim plentyn arall, does bosib? Alla i ddim rheoli'r rhai sydd gen i'n barod."

"'Dan ni wedi dod â phres a phresantau er mwyn helpu'r cartre," meddai Betsan.

Cafodd ei hanwybyddu gan Glyn yn llwyr.

"Peidiwch â'i gadael hi efo fi," erfyniodd yntau. "Does gen i ddim syniad be i'w wneud efo plant."

"Does dim rheswm i boeni. Mae Betsan yn aros gyda fi. Fe ddaeth hi o'r lle 'ma tua mis yn ôl," meddai Heddwyn.

"Nid *y* Betsan?" gofynnodd Glyn, yn fwy petrusgar byth.

"Neb llai," meddai Betsan, yn falch iawn o'i hun. "Ti wedi clywed pob math o bethau gwych amdana i, dwi'n siŵr."

"Pob math o bethau *ofnadwy*. Amdanat ti'n rhoi wasabi mewn tiwbiau o bast dannedd, a chuddio pryfed cop plastig yn y grawnfwyd. Mae gweddill y plant yn dy ofni di'n fwy na dim," meddai Glyn.

"Fy ofni i? Ond castiau diniwed oedd y cyfan!" meddai Betsan. "Ydi Iest– Ydi'r *holl* blant yn teimlo'r un peth?"

"Dydw i ddim wedi cael cyfle i gyfarfod pob un, heb sôn am ofyn eu barn amdanat ti. Ond o'r hyn dwi wedi'i glywed, dwyt ti'm ddim byd ond cnaf bach bwystfilaidd," meddai Glyn, ei bengliniau'n rhynnu mewn braw.

Roedd 'bwystfilaidd' yn air anffodus i'w ddefnyddio. Roedd Betsan yn anhapus yn barod wrth glywed mai fel hyn roedd hi'n cael ei chofio, ond daeth yr ergyd olaf yma'n ormod iddi.

"Dydw i DDIM yn fwystfil. Dwi'n gwneud fy ngora i fihafio. Sbia ar y mwydod hyfryd 'ma dwi'n eu rhoi'n anrheg i ti!" meddai hithau, gan bwyntio at y nyth o gynffonnau troellog yn nwylo Heddwyn.

"Gwych," udodd Glyn. "Mwydod, a phlentyn arall. Cwbwl wych. Er, elli di ddim bod yn waeth na Casi."

Doedd yr enw 'Casi' ddim yn canu cloch i Betsan, oedd yn rhyfedd gan ei bod hi fwy neu lai'n nabod pawb yn y cartre plant. Roedd hi wedi treulio digonedd o amser ac egni'n cynllunio castiau personol i siwtio pob un ohonyn nhw.

"Casi?" gofynnodd Betsan.

"Ia. Casi Twmpath," cwynodd Glyn. "Merch Mr a Mrs Twmpath, sy'n berchen ar y theatr. Fe gyrhaeddodd hi'r un diwrnod â fi, ac mae hi wedi bod yn boen cyson byth ers hynny."

"Beth ddigwyddodd? Doedd gen i ddim syniad bod Mr a Mrs Twmpath wedi marw," meddai Heddwyn, er nad oedd wedi'i synnu. Mae pobl wastad yn marw o'ch cwmpas pan ydych chi'n 512 oed.

"Does dim byd wedi digwydd, ac maen nhw'n berffaith iach," meddai Glyn. "Allen nhw ddim diodde eu merch, dyna'r oll. Dwi wedi rhoi sawl cynnig ar yrru Casi'n ôl, ond maen nhw'n gwrthod ateb y drws."

"Lle ma'r Casi 'ma? Alla i gwrdd â hi?" gofynnodd Betsan.

"Chewch chi ddim, a ddylech chi ddim," meddai Glyn. "Mae Casi wedi gorchymyn yr holl blant eraill i'w cludo hi i'r dre ar orsedd symudol, achos ei bod hi isio prynu bwyd a gwisgoedd ar gyfer ryw fath o sioe sy 'mlaen heno. Pengwin yn canu sy wrthi. Neu golomen yn iodlo. Rhwbath gwirion fel'na, beth bynnag. Mae Casi wedi mynnu fy mod i'n mynd hefyd."

"Parot ydi hi, nid pengwin na cholomen, ac mae'n siŵr o fod yn noson wych," meddai Betsan. "Os dwyt ti ddim isio mynd, pam na ddudi di wrth Casi y dylai hi fynd i grafu?"

Rhoddodd Glyn chwerthiniad sgrechlyd. "Does neb yn meiddio dweud y fath beth wrth Casi. Unwaith iddi benderfynu ar rwbath, neu roi gorchymyn, does dim ffordd o'i rhwystro hi," meddai yntau.

Roedd Betsan o'r farn fod Glyn yn ddyn eithriadol o wan. Fe fyddai hi wedi bod wrth ei bodd yn rhoi ambell wers iddo ar gastiau, er mwyn rhoi ychydig o drefn ar Casi, ond doedd hi ddim yn meddwl mai dyna'r fath o beth roedd rhywun yn ei wneud wrth 'ddad-fwystfilo'.

Yn hytrach, rhoddodd Betsan yr holl elw o'r arwerthiant iddo. Doedd Glyn ddim yn ddiolchgar iawn. "Dwi ddim am adael i Casi wybod am y pres 'ma," mwmiodd i'w hun wrth gerdded yn ôl i'w swyddfa. "Prynu pâr arall o glocsia wneith hi."

Roedd Betsan wedi disgwyl math gwahanol iawn o gyfarfod. Roedd hi wedi gobeithio am orymdaith fawreddog yn ddiolch am ei charedigrwydd, yn hytrach na chael ei galw'n fwystfilaidd. Yn gandryll, gwthiodd ei gwregys yn ôl i'w le ar ôl cyrraedd y car.

"Diolch byth bod hynny drosodd," meddai Heddwyn.

"Mae pethau'n ymhell o fod drosodd," atebodd Betsan. "Glywaist ti Glyn, a'r lleill yn yr arwerthiant – mae pawb yn meddwl fy mod i'n rhyw fath o anghenfil. Rhaid i ni fynd â'n dad-fwystfilo i'r lefel nesa."

"Dim mwy o ddad-fwystfilo, dwi'n erfyn arnat ti," cwynodd Heddwyn.

"Dim ffiars o beryg. Mae'n rhaid i ni wneud yn iawn am ein holl ddrygioni," mynnodd Betsan. Brathodd ei gwefus cyn siarad mewn llais dwys dros ben. "Mae'n rhaid i ni wneud mymryn o ddaioni."

"Trugaredd, Betsan. Unrhyw beth ond hynny. Roddais i gynnig ar wneud daioni unwaith, ganrifoedd yn ôl, ac mae'r holl beth yn gorffen gyda phobl yn taflu brigau pigog a mwd atat ti."

Ond doedd dim modd newid meddwl Betsan. Ar ôl rhoi'r piano a'r sugnwr llwch oedd yn darllen meddyliau i'r ceidwad adar, mynnodd hithau fod Heddwyn yn parcio ar ochr y ffordd er mwyn iddi feddwl yn ddyfnach am y peth.

"Beth wyt ti eisiau gwneud i ddechrau?" gofynnodd Heddwyn, gydag ychydig iawn o frwdfrydedd.

"Dwn i'm. Ti'n disgwyl i fi wbod be ma pobl dda'n gwneud?" saethodd Betsan yn ôl.

Meddyliodd y ddau'n galed, yn twrio o amgylch eu pennau am syniadau. Doedd gan yr un ohonyn nhw lawer o brofiad o ran gwneud daioni.

"Bydd rhaid i ni ddod o hyd i rywun da a dwyn ei syniadau i gyd," meddai Heddwyn.

Gyrrodd Heddwyn yn ddigyfeiriad o amgylch strydoedd y dref, yn chwilota am rywun da. Ar ôl tua ugain munud, roedd y ddau ohonyn nhw'n teimlo y byddai dod o hyd i ddodo'n llawer haws.

"Be am yr un yna?" gofynnodd Betsan, wrth yrru heibio i'r siop gomics.

"Wyt ti wir yn disgwyl i rywun gydag aeliau mor droellog fod yn ddyn da?" atebodd Heddwyn. "Beth am hon?"

"Na, mae hi'n edrych fel rhywun fysa'n rhoi afal i blentyn ar nos Galan Gaeaf yn lle fferins," meddai Betsan.

Wrth yrru, cafodd sawl un arall eu diystyru'n llwyr. Roedd y ddau'n dechrau pwdu ynghylch pa mor anodd oedd dod o hyd i rywun addas, ond yna daethant yn agos at daro hen ddynes garedig oedd yn ymddangos yn berffaith.

"Dydw i erioed wedi gweld unrhyw un gyda wyneb mor glên," meddai Heddwyn. "A drycha, mae hi'n ymddiheuro, er ein bod ni bron â'i tharo."

"Ydi, mae hi'n bril. Fysa hi'n sicr yn rhoi llond dwrn o siocled i chi ar nos Calan Gaeaf," cytunodd Betsan.

Canodd Heddwyn y corn, wrth i Betsan agor y ffenest er mwyn siarad.

"Esgusodwch fi, hen ddynes garedig, ond gawn ni holi cwestiwn neu ddau?" gofynnodd Heddwyn. Roedd y ddynes wrth ei bodd yn cael ei galw'n garedig (er nid mor falch yn cael ei galw'n hen), felly nodiodd a chlustfeinio wrth ymyl y car. "I ddechre, fyddech chi'n cytuno eich bod yn garedig ac yn dda?"

"O, sa i'n gwybod am hynny," meddai'r hen ddynes garedig. "Rwy'n siŵr bod digonedd o bobl sy'n llawer mwy clên a charedig na fi."

"Dyna'n union be fysa rhywun da yn ddeud. Llongyfarchiadau, rydych chi wedi pasio'r prawf!" meddai Betsan. Roedd yr hen ddynes garedig wrth ei bodd, er bod dim syniad ganddi mai prawf oedd y cyfan. "Rŵan, mae fy ffrind Heddwyn a minnau isio ymddwyn yn dda. Pa fathau o bethau allwn ni wneud er mwyn bod yn debyg i chi?"

Doedd yr hen ddynes garedig ddim yn siŵr sut i ateb. Syllodd i fyny wrth geisio meddwl am y peth gorau i'w ddweud. Daeth Betsan yn ddiamynedd yn fuan iawn.

"Heddiw, er enghraifft – be dach chi'n wneud rŵan hyn?" gofynnodd hithau.

"Wel ... yn gyntaf, mae angen mynd â bag mawr o ddillad

budron i'r tŷ golchi, ac yna fe af i am ginio hwyr yn rhywle. Cawl, neu rywbeth felly," meddai'r hen ddynes garedig. "Mae'n ddrwg gen i, rwy'n gwybod nad yw hynny'n llawer o gymorth, ond –"

"Bril. Yn union be oedden ni angen ei wybod!" meddai Betsan.

Caeodd y ffenest, a gyrrodd Heddwyn i ffwrdd ar frys. Ar ôl cyrraedd y tŷ, taflodd y ddau eu holl ddillad budron i'r peiriant golchi, a pharatoi cawl nytmeg.

"Wyt ti'n teimlo'n wahanol?" gofynnodd Heddwyn.

"Nag'dw. Rhaid ein bod ni 'di gwneud rhwbath o'i le," meddai Betsan.

Cafodd y dillad eu golchi eto, yn 'wirion bost o gyflym' y tro 'ma, ac aeth y ddau ati i wneud cawl madarch a rwdan. Doedd yr un ohonyn nhw'n teimlo eu bod nhw'n gwneud y mymryn lleiaf o ddaioni. Yn hytrach, roedd y ddau'n teimlo'n gwbwl hurt.

"Rydyn ni'n ymddwyn braidd yn dwp, dwi'n meddwl," meddai Heddwyn, gan biffian chwerthin.

"Ydan. Ffyliaid llwyr," meddai Betsan, gan ychwanegu ambell chwerthiniad bach ei hun. "Rhaid bod y ddynes 'na wedi rhoi'r cyngor anghywir i ni – y pen dafad. Awn ni'n ôl i ddod o hyd iddi?"

"Oes digon o amser, ti'n meddwl?" gofynnodd Heddwyn. Edrychodd y ddau ar yr unig gloc oedd ar ôl yn y gegin a sylweddoli bod dim amser o gwbl. Roedden nhw i fod yn Theatr Twmpath o fewn pedair munud ar ddeg.

Y Ddau Ymarfer

Dim ond llond crafanc o westeion roedd Esyllt wedi'u gwahodd i'w hymarfer, felly doedd y theatr ddim yn brysur o gwbwl.

Ar ôl cyrraedd, anelodd Heddwyn yn syth am y balconi brenhinol, gyda Betsan yn gwneud ei ffordd at y seddau blaen, yn awchu am gael eistedd gyda'r plant o'i hen gartre.

Yn benodol, roedd Betsan eisiau eistedd drws nesaf i Iestyn. Ar hyn o bryd, doedd y ddau ddim yn gwneud llawer i hybu eu cyfeillgarwch heblaw argymell comics i'w gilydd.

"Dyma ti," meddai Betsan, gan dynnu comic o'r bag ar ei chefn. "Yr un 'na am yr ellyll-darantiwla soniais i amdano fo."

"Campus. Ac yn ddiolch, dyma un i ti. Mae o am dditectif, wedi'i wisgo fel crwban," meddai Iestyn.

Bodiodd Betsan drwy ambell dudalen o *Galw Gari Crwban: Y Ditectif Ara Deg*, a phenderfynu'n syth ei bod hi'n hoff ohono. Stwffiodd y comic i waelod ei bag, a newid pwnc y sgwrs er mwyn trafod cyfarwyddwr newydd y cartre plant.

"Be ti'n feddwl am Glyn, 'ta?" gofynnodd hithau.

"Duwcs, digon clên. Mae siâp ei sbectol yn eitha anarferol," meddai Iestyn.

Roedd Iestyn yn ddyn ifanc bonheddig iawn oedd wedi cael ei fagu i feddwl y gorau o bobl, hyd yn oed os mai'r peth gorau amdanyn nhw oedd siâp diddorol eu sbectol. Cafodd Betsan ei gyrru'n wyllt gan anallu Iestyn i ddweud rhywbeth cas am unrhyw un.

"Dwi'n meddwl bod o'n rhech fach wan fydda ddim yn medru arwain llygoden at ddarn o gaws," meddai hithau.

"Falle wir y byddai Mr Clec yn gyfarwyddwr mwy effeithiol petai'n llymach efo rhai o'r plant eraill – yn enwedig Casi. Ond dwi'n siŵr ei fod yn gwneud ei orau," meddai Iestyn, oedd wedi dod mor agos ag y gallai at sarhau rhywun arall drwy ddweud hyn.

"Sut un ydi'r Casi 'ma? Gwaeth na fi?" gofynnodd Betsan, gan deimlo'n rhyfeddol o gystadleuol.

Daliodd Iestyn ei ddwylo i fyny'n ateb. Roedden nhw wedi'u gorchuddio â briwiau a phlasteri.

"Mynnodd Casi fod pawb yn gwnïo siaced sgleiniog iddi. Doedd neb yn dda iawn am ddefnyddio'r peiriant," esboniodd yntau.

"Pam bod angen siaced sgleiniog arni?" gofynnodd Betsan.

"Gei di weld o fewn chwinciad chwannen," meddai Iestyn, gan godi ar ei draed. "Mae'n ddrwg gen i, ond mae'n rhaid i Deiniol a fi baratoi'r peiriant mwg. Mae Casi wedi mynnu torri ar draws yr ymarfer gyda pherfformiad arbennig."

Rhedodd Iestyn drwy'r dorf a dringo ar y llwyfan – gan ymddiheuro wrth weddill y gynulleidfa wrth eu pasio. Un rhes oddi wrtho, gwnaeth bachgen o'r enw Deiniol Twrch yr un peth – ond heb ymddiheuro hanner cymaint.

Doedd Iestyn a Deiniol ddim wedi medru dod o hyd i beiriant mwg ar fyr rybudd, felly gwnaeth y ddau yn iawn am y peth drwy roi ambell bapur newydd ar dân a rhedeg o flaen y llenni. Yn y cyfamser, dechreuodd gweddill y plant amddifad gyhoeddi bod Casi ar fin cyrraedd wrth 'chwarae'r drymiau' – taro tuniau bisgedi gweigion gyda chyllyll a ffyrc pren gan fod dim drymiau ganddyn nhw.

Tyfodd y sŵn yn uwch ac yn uwch, a'r mwg o'r papurau newydd yn fwy ac yn fwy trwchus, nes i Casi Twmpath gamu'n falch ar y llwyfan. Gwisgai siaced sgleiniog wedi'i gwnïo'n wael, het silc oedd yn llawer rhy fawr iddi, a phâr o glocsiau oedd yn gadael marciau dwfn yn y llawr. Ysai Betsan am gael stwffio mwydod i fyny ei ffroenau.

"Wel, rydych chi'n bobl lwcus," cychwynnodd Casi. Roedd ei llais yn diferu gyda theimlad ffug, fel petai hi'n adrodd yn Eisteddfod yr Urdd, ac wedi ymarfer pob gair sawl gwaith yn y drych. "Oblegid heno, fe gewch chi ddau berfformiad am bris un! Ac mae'n ddrwg iawn gen i, ond fe fydd fy un i yn *gymaint* gwell na sioe'r parot 'na."

Aeth ymlaen i berfformio cân roedd hi wedi'i hysgrifennu ei hun o'r enw 'Casi Gampus', wrth i Iestyn a Deiniol redeg o amgylch y llwyfan yn chwalu'r holl fwg. Roedd dawns yn rhan o'r perfformiad hefyd, er doedd y gân na'r ddawns wedi llwyddo i blesio'r gynulleidfa.

"Cwustia fi'n blifo!" meddai Ffion Penllinyn, merch ifanc iawn o'r cartre plant oedd wedi bod yn eistedd wrth Iestyn. Roedd y gynulleidfa gyfan yn cytuno'n llwyr â'i hadolygiad o'r perfformiad.

Cân fer oedd hi, er ei bod yn teimlo'n llawer hirach, ac erbyn i Casi gyrraedd y diweddglo roedd Betsan yn teimlo fel petai hi wedi bod yn y theatr am wythnos gyfan. Roedd y gymeradwyaeth ymhell o fod yn fyddarol.

"Croeso," meddai Casi, wrth iddi foesymgrymu'n isel. "Ond does dim mwy, mae gen i ofn."

Chwyddodd y gymeradwyaeth yn sylweddol wedi i Casi gyhoeddi hyn. Bloeddiodd un aelod o'r gynulleidfa mewn llawenydd.

"Mae Casi hyd yn oed yn waeth nag o'n i'n ddisgwyl!" meddai Betsan wrth Iestyn, wrth iddo ddychwelyd i'w sedd.

"Wel ... *pych!* ... o leiaf ei bod hi'n ... *pachpachpach!* ... hyderus ... *ach*," tagodd Iestyn.

Gadawodd Casi'r llwyfan, gyda Mr a Mrs Twmpath yn cymryd ei lle. Roedd y ddau'n edrych tua mor ddiddorol a theatrig â phot iogwrt.

"Mae'n ddrwg gennym am Casi a'i pherfformiad *answyddogol*. Falle wir ei bod hi'n ferch i ni, ond dydyn ni ddim yn ei hystyried yn rhan o'r teulu. Peidiwch â gweld bai arnom ni, nac Ysgol Ddrama Twmpath, o'i herwydd hi," meddai Mr Twmpath.

"Eitha reit," cytunodd Mrs Twmpath, mewn llais yr un mor ddiflas â'i gŵr. "Nawr, fel y'ch chi'n gwybod, dim ond ymarfer ar gyfer sioe nos Wener fyddwn ni heno. Mae ein theatr yn gefnogol dros ben o waith dramatig heriol, arloesol, ond dyma ein tro cyntaf yn croesawu parot yn canu i'r llwyfan. Os yw hyn yn affwysol, ymddiheuriadau

– ond gewch chi ddim eich arian yn ôl. Rhowch groeso mawr i Esyllt."

Ymlwybrodd Mr a Mrs Twmpath oddi ar y llwyfan. Agorodd y llenni i ddatgelu Esyllt, yn sefyll ar stôl ac yn gwisgo sgarff bluog ysblennydd. Yn y goleuadau llachar, roedd y diffyg cwsg yn gliriach ar wyneb Esyllt, ac – er nad oedd hi'n meddwl bod y peth yn bosib – roedd Betsan yn siŵr ei bod hi wedi colli cryn dipyn o bwysau ers y bore.

"Noswaith dda, fy nhwmplenni 'falau, a chroeso i *Sioe Fawr Padrig*! Diolch o galon am adael i mi ymarfer o'ch blaenau – caredig iawn wir," meddai Esyllt. Doedd hi ddim fel petai'n malio botwm corn am y ffaith ei bod hi'n dilyn un o'r perfformiadau gwaethaf mewn hanes. "Cafodd holl ganeuon y noson eu perfformio neu eu hysgrifennu gan fy annwyl gefnder Padrig – un o'r parotiaid gorau a fu erioed. Fis union yn ôl, bu Padrig farw nid ymhell o fan hyn, ac mae'r cyngerdd heno er cof amdano. Cafodd fywyd da, yn llawn llawenydd, ac mae ei ganeuon yn adlewyrchu hynny."

Taflodd Betsan gipolwg i fyny at y balconi brenhinol a gweld Heddwyn yn gwingo yn ei euogrwydd.

"Dydw i ddim wedi gwneud perfformiad fel hyn erioed, ond roedd 'na lais bach yn fy mhen yn mynnu fy mod i'n rhoi cynnig arni. Doedd e byth yn cau ei geg, wir. Beth bynnag,

dyna hen ddigon o siarad – ymlaen â'r gerddoriaeth!"
meddai Esyllt, cyn cychwyn ar fersiwn egnïol iawn o
'Paid â Bod Ofn' gan Eden.

Aeth yr ymarfer yn llyfn iawn, gydag Esyllt yn canu
caneuon o fywyd Padrig ac yn llenwi'r amser rhyngddyn
nhw gyda straeon digri a theimladwy am ei chefnder a hithau.
Roedd hi'n berfformiwr talentog dros ben, a'r dorf fechan yn
codi er mwyn ei chymeradwyo'n gynnes ar ddiwedd pob cân.

"O, fy nhwmplenni, rydych chi'n rhy garedig o lawer," meddai Esyllt, wrth iddi agosáu at y diwedd. Teimlodd ei chalon yn chwyddo wrth weld yr holl wynebau hapus yn disgleirio'n ôl. "Yn anffodus, mae'n hamser ni bron ar ben. Ar gyfer y diweddglo mawr, hoffwn i berfformio cân fach hwyliog gan Padrig, wedi'i hysgrifennu pan oedd e ar daith gyda'r Brodyr Gregory. Dyma fy hoff gân o'i eiddo, sy'n gwneud i mi deimlo'n hollbwerus bob un tro."

Roedd y gân yn un wirioneddol hwyliog, ac yn gwneud i bawb ddawnsio yn eu seddi. Ei henw oedd 'Picnic mewn Corwynt', gyda chytgan oedd yn ddigon bachog fel bod pawb yn y theatr wedi ymuno i'w ganu:

"Mae'r Corwynt yma, i bawb ond ni,
Does dim ffwdan na strach pan wyt ti gyda mi.
Beth am ddawnsio ein dawns, a chanu ein cân,
Mae'r cacennau yn boeth, a'r tegell ar y tân.
Does dim all ein brifo pan fo pawb ynghyd,
Gad i'r corwynt ruo dros weddill y byd."

Penderfynodd Betsan beidio ymuno â'r canu, gan ei bod hi'n bell o fod yn gantores. Serch hynny, erbyn i Esyllt gyrraedd diwedd y gân, roedd pawb yn erfyn arni i'w chanu eto.

"Wel, dyna hyfryd. Fyddai Padrig wrth ei fodd. Mae 'na amser ar gyfer un fach arall, debyg iawn – ydych chi'n siŵr mai'r un yna ydych chi eisiau? Rwy'n gwybod digonedd o ganeuon eraill," meddai Esyllt.

"Corwynt eto! Corwynt eto!" rhuodd pawb yn y gynulleidfa.

Fflachiodd Esyllt wên yn ôl unwaith eto. Ond yna, wrth iddi wenu, dechreuodd Casi dynnu gwallt Deiniol Twrch a gweld bai arno am roi mwy o gymeradwyaeth i Esyllt nag iddi hi. Cafodd y fath angharedigrwydd effaith fawr ar Esyllt. Dechreuodd ei llygad chwith wingo.

"Corwynt eto! Corwynt eto!" rhuodd y gynulleidfa am yr eildro.

Ceisiodd Esyllt anwybyddu Casi. Cymerodd lwnc o ddŵr, cliriodd ei gwddw, a chychwyn arni eto, ond y tro yma aeth rhywbeth o'i le.

Doedd y nodyn cyntaf o'i phig ddim yn hwyliog, nac yn gwneud i bawb ddawnsio yn eu seddi. Roedd yn swnio fel cath yn crafu ei hewinedd ar hyd bwrdd du. Er bod Betsan wedi clywed Esyllt yn canu sawl tro, doedd hi erioed yn ei chofio'n canu'r nodyn anghywir.

"Mae'n ddrwg iawn gen i," meddai Esyllt. Roedd ei llais yn wan, wrth iddi siglo o goes i goes. "Beth am roi cynnig arall arni?"

Chafodd Esyllt ddim cyfle i gychwyn eto. Llewygodd a disgyn oddi ar ei stôl. Caeodd y llenni melfed gwyrdd yn frysiog o'i blaen.

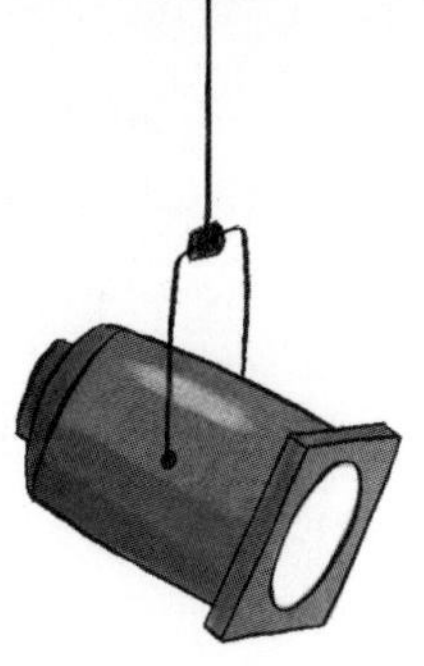

Yr Wystrysen Fawreddog

Llamodd Betsan a Heddwyn ar y llwyfan. Gorweddai Esyllt yn anymwybodol y tu ôl i'r llenni, gyda Mr a Mrs Twmpath yn craffu drosti'n chwilfrydig. Tynnodd Betsan gatapwlt o'i bag, gan osod tomato wedi pydru arno, a'i anelu tuag atyn nhw.

"Pwy sy'n gyfrifol am hyn?" gofynnodd. "Deudwch, neu gewch chi wbod be 'di poen."

Chamodd neb ymlaen. Chafodd neb wybod beth oedd poen.

"Dim ond llewygu wnaeth hi, dwi'n meddwl," meddai Heddwyn.

"Falle bod y cyfan yn rhan o'r perfformiad," cynigiodd Mr Twmpath. "Mae'r prif gymeriad yn marw ar ddiwedd sawl drama. Er, mae'n beth braidd yn anarferol i'w gynnwys mewn cyngerdd fel hyn."

"Corwynt eto! Corwynt eto!" rhuodd y gynulleidfa yr ochr arall i'r llenni.

"Ddylen ni ... o, sa i'n gwybod ... ffonio rhywun, neu rywbeth?" gofynnodd Mrs Twmpath.

Cyn i neb gael cyfle i ffonio rhywun neu rywbeth, deffrodd Esyllt. Baglodd ar ei thraed ac edrych o'i chwmpas, ei llygaid yn llawn ofn ac ansicrwydd.

"Beth ddigwydodd?" gofynnodd hithau.

"Ry'n ni'n dal yn ymchwilio i'r peth," meddai Betsan. Chwifiodd ei chatapwlt ar draws y llwyfan yn fygythiol.

"Chi ddisgynnodd o'r stôl. Falle bod canu'r gân am yr eildro'n ormod i chi?" meddai Mr Twmpath.

"Na, does bosib. Mae parotiaid Wintloraidd bob tro'n barod i berfformio un gân arall," meddai Esyllt.

"Wyt ti wedi cael digon i'w fwyta?" cynigiodd Heddwyn.

Daeth mymryn o obaith i lygaid Esyllt.

"Wel, banana oedd yr unig beth i mi ei fwyta'n ddiweddar. Hedfanais yma'n syth o siop y ceidwad adar, a chefais i ddim cynnig mwydyn ganddo fe, hyd yn oed. Betsan, oes ots gennych chi petawn i'n ...?" gofynnodd Esyllt, gan lygadu'r hen domato'n obeithiol.

Dadlwythodd Betsan ei chatapwlt a thaflu'r tomato i'r awyr. Cafodd ei ddal yn ddel ym mhig Esyllt, a diflannu'n llyfn i lawr ei chorn gwddw. Daeth ychydig o liw yn ôl i'w bochau piws, gwelw.

"Unrhyw beth arall? Dŵr? Plaster? Mymryn o rew ar gyfer dy ben?" gofynnodd Betsan.

"O, peidiwch â phoeni am hynny i gyd. Rydw i'n teimlo'n well nawr," meddai Esyllt. "Gaddo. Does dim angen gwneud ffýs am y peth."

"Corwynt eto! Corwynt eto!" rhuodd y dorf ddiamynedd.

Baglodd Esyllt at y llenni, a chael ei dal yn ôl gan Mrs Twmpath. "Dydw i ddim yn meddwl eich bod chi'n barod am fwy o ganeuon," meddai hithau.

"Ond does neb arall yn medru gorffen y sioe," mynnodd Esyllt.

Ar hynny, dychwelodd Casi i'r llwyfan yn falch, yn benderfynol o wireddu holl hunllefau'r gynulleidfa fach. Roedd sŵn Casi'n clirio ei llwnc i'w glywed yn glir ar ochr arall y llenni.

"Mae gen i newyddion penigamp, bawb!" gwaeddodd Casi yn ei llais ffals. "Rydw i *newydd* ysgrifennu cân wych. Ei henw? 'Tamaid mewn Tornado'!"

Copi gwael iawn o 'Picnic mewn Corwynt' oedd 'Tamaid mewn Tornado'. Sgrechiodd Casi drwy'r gân gan wneud dawns y glocsen yr un pryd. Sgrialodd rhan helaeth o'r gynulleidfa am y drysau nerth eu traed.

Ar ôl iddi foesymgrymu o'r diwedd, doedd dim un copa walltog ar ôl yn y theatr, ond sylwodd Casi ddim. Cerddodd drwy'r llenni er mwyn ymuno â Betsan a'r gweddill.

"Onid oedd hynny'n ysblennydd?" meddai Casi. "Welsoch chi bawb ar eu traed yn cymeradwyo?"

"Codi ar eu traed i adael oedden nhw," meddai Betsan.

Rhythodd Casi yn flin i gyfeiriad Betsan. Doedd hi ddim yn gwerthfawrogi unrhyw un yn ei barnu.

"Rho'r catapwlt 'na i mi," meddai Casi. "Rydw i am ei ddefnyddio fel prop yn sioe nesa'r cartre plant."

"Dos i grafu, y pen nionyn," meddai Betsan, wrth iddi afael yn dynnach yn y catapwlt.

Doedd Casi Twmpath ddim wedi arfer derbyn 'Na', heb sôn am 'Dos i grafu, y pen nionyn', yn ateb. Rhoddodd ei dwylo ar ei chluniau, plygodd ei phengliniau main, a dechrau llusgo ei chlocsiau ar hyd y llawr pren – gan greu sŵn arbennig o annifyr wrth iddi rwygo'r llwyfan yn deilchion.

"Iesgob!" meddai Betsan. Gollyngodd y catapwlt wrth iddi wthio ei bysedd i'w chlustiau ar frys. Gwenodd Casi'n fuddugoliaethus wrth ei godi.

"Rydw i'n cael fy ffordd *bob un tro*," meddai Casi. Trodd at ei rhieni. "Beth oeddech chi'n feddwl o'r perfformiad, Mami a Dadi?"

"Paid â defnyddio'r geiriau 'na!" cyfarthodd Mr Twmpath.

"A dyna oedd dy berfformiad gwaethaf eto!" ychwanegodd Mrs Twmpath.

Am eiliad, roedd fel petai sylwadau ei rhieni wedi brifo teimladau Casi, a gwingodd llygad Esyllt unwaith eto wrth weld y fath angharedigrwydd. "Fydd yr un nesa'n llawer gwell – gewch chi weld!" gwaeddodd Casi, wrth iddi redeg yn ôl trwy'r llenni ar ôl y plant eraill o'r cartre.

"Esgusodwch Casi – mae hi'n embaras llwyr i'r teulu," meddai Mr Twmpath. "Camgymeriad oedd cael plentyn."

"Gawn ni symud ymlaen at bethau llai anghynnes?" gofynnodd Mrs Twmpath. "Esyllt, roedd eich perfformiad yn annisgwyl o dda. Does neb wedi'i synnu'n fwy na ni."

"Ry'n ni'n teimlo y medrwn ni wneud ffortiwn fechan yn sgil hyn. Fyddech chi'n fodlon treulio'r tridiau nesaf yn ymdrechu i hybu'r sioe?" meddai Mr Twmpath.

Ysgydwodd Esyllt ei phen. Sgyrnygodd Mr a Mrs Twmpath gyda'i gilydd yn fygythiol.

"O, brensiach, na. Llawer gwell gen i gadw'r cyngerdd yn fach a phersonol –

dim llawer mwy o beth nag ymarfer heno, yn ddelfrydol,"
meddai Esyllt. "Fyddwn i ddim yn gwybod ble i ddechrau
gyda theatr lawn. Padrig oedd yn hoff o'r math yna o
beth."

"Ond –" cychwynnodd Mr Twmpath.

"Dim 'ond' amdani. Os dydi hi ddim isio cymryd rhan,
dyna ddiwedd arni," meddai Betsan. "Ty'd 'wan, Esyllt.
Amser mynd adra."

Gwibiodd Betsan, Heddwyn ac Esyllt i ffwrdd o'r theatr
yn y car, gyda Betsan a Heddwyn yn eistedd yn y seddi blaen
wrth i Esyllt glwydo ar y to.

"Wna i fyth arfer â'r lle 'ma," meddai Esyllt, wrth iddyn
nhw gyrraedd y tŷ pymtheg llawr. "Ma fe mor hardd, mae'n
gwneud i barot fel fi fod eisiau treulio'r noswaith gyfan yn
dweud pethau fel 'Wel wir!' a 'Gwarchod pawb!'"

"Roedd e'n harddach fyth, cyn i ti fynnu fy mod i'n
gwerthu fy stwff da i gyd," cwynodd Heddwyn.

"Wel, rydw i'n meddwl bod 'na ddigon o bethau prydferth
yma'n dal i fod," meddai Esyllt. "Y crys 'na, er enghraifft –
un o'r pethau harddaf i mi ei weld erioed! Ydych chi wedi'i
wisgo o 'mlaen i cyn heddiw?"

Roedd Heddwyn wedi teimlo'n anghyfforddus yn y crys
byth ers cychwyn *Sioe Fawr Padrig*, gyda meddalrwydd

cywrain anrheg y bwystfil yn gwneud i'w groen gosi gan euogrwydd.

"Naddo, yn sicr," meddai yntau.

"Hmm, dyna od. Mae'n edrych yn gyfarwydd iawn, rhywsut," meddai Esyllt.

Aeth Betsan ati i goginio'n syth, gan wneud brechdanau i bawb. Megis cychwyn oedd ei gyrfa gwneud brechdanau, a'i ryseitiau'n 'arbrofol' ar y gorau.

"Dyma chi," meddai hithau, gan osod platiau ar y bwrdd. "Mwstard a marmalêd ar y chwith, paprica a marmite yn y canol, a dyna ni'r brechdanau myffins wedi'u gwasgu ar y dde – dyna hoff rai Heddwyn. Maen nhw'n well nag erioed!"

Roedd Betsan o'r farn (anghywir) fod Heddwyn wrth ei fodd â'i brechdanau. Fo oedd yn eu blasu gyntaf, gan amlaf, ac wedi hen arfer â phoeri dwy frechdan o bob tri allan. Teimlai Esyllt yn wahanol, serch hynny – llowciodd frechdan ar ôl brechdan, gan glochdar yn hapus wrth lyncu pob un.

"Wir ddrwg gen i, gyfeillion, ond mae bron i bob un wedi mynd!" meddai Esyllt.

Roedd Betsan wrth ei bodd yn gweld bod ei brechdanau'n llwyddiant, a Heddwyn yn hapusach fyth i'w gweld yn diflannu. Mynnodd y ddau fod Esyllt yn eu gorffen.

"Mmmff, gwirioneddol fendigedig!" meddai Esyllt. Roedd ei stumog yn llawn dop erbyn diwedd yr wledd. "Betsan, rwyt ti'n ferch arbennig o dalentog."

Gwenodd Betsan gyda balchder, cyn dylyfu gên yn flinedig. Roedd y diwrnod o ddad-fwystfilo, gwneud daioni, mynd i'r theatr a pharatoi brechdanau wedi bod yn ormod iddi, bron.

"Dim mynadd dringo'r grisiau. Am gysgu ar y soffa eto," meddai Betsan.

"Paid â siarad dwli. Gei di hedfan i fyny gyda fi. Dalia'n dynn yn fy nghrafangau," meddai Esyllt.

"Ti'n siŵr dy fod ti'n ddigon cry' ar ôl y busnes llewygu 'na?" gofynnodd Betsan.

"O, fydda i'n iawn. Fe ddylai'r brechdanau roi digon o nerth i mi ar gyfer y dyddiau nesaf."

Hedfanodd Esyllt uwchben Betsan, gyda'i chrafangau yn y safle perffaith ar gyfer dal gafael.

"Nos dawch, Heddwyn," meddai Betsan, gan ddylyfu gên eto.

"Nos da, Betsan," meddai Heddwyn.

Edrychodd Esyllt ar Heddwyn, wrth i Betsan hongian o'i chrafangau. "Wyddwn i ddim pam, ond rwy'n *siŵr* fy mod i wedi gweld y crys 'na o'r blaen," meddai hithau, cyn hedfan Betsan i fyny i'w hystafell.

Doedd Heddwyn ddim yn medru dioddef hyn eiliad yn rhagor. Wrth i Esyllt ganu hwiangerdd i Betsan, tynnodd yntau'r crys a gwisgo un budr yn ei le.

Roedd yn biti cael gwared ar y fath ddilledyn crand, felly crwydrodd Heddwyn draw at dŷ'r teulu Wystrys a chanu'r gloch. Atebodd Elystan y drws, yn sipian cwpanaid o'r siocled poeth mwyaf moethus.

"Un peth arall o'r arwerthiant," meddai Heddwyn, wrth wthio'r crys i freichiau Elystan. "Mae'n golchi ei hun, ac wedi'i wneud o ddeunyddiau gorau'r byd."

Gwthiodd Elystan ei wyneb i mewn i'r crys er mwyn ei arogli'n ddwfn. "Crys arbennig o dda, Mr Ploryn, ond ychydig yn rhy fawr i fi, mae gen i ofn," meddai.

"Gwisga fe, a fydd popeth yn gwneud synnwyr," meddai Heddwyn. Daliodd afael ar y siocled poeth wrth i Elystan wisgo'r crys. Roedd yn llawer rhy laes i ddechrau, ond crebachodd o amgylch corff Elystan yn ddigon buan, fel petai wedi'i wneud ar ei gyfer.

"Mae hwn yn dipyn gwell na'r pethau eraill brynais i," meddai Elystan. "Mae'r bwrdd caws diemwnt wedi gwneud i'r holl gaws lwydo, ac *nid* mewn ffordd dda, tra bod yr hwyaden 'na'n canu'r caneuon tristaf i mi eu clywed erioed. Roeddwn i'n bwriadu gofyn am fy arian yn ôl, ond mae hyn yn gwneud yn iawn am y peth. Ydi wir."

"Dwi'n falch o glywed. Mae'r crys yn fwy gwerthfawr na'r pethau eraill gyda'i gilydd, felly dwi am gymryd y siocled poeth 'ma'n dâl ychwanegol," meddai Heddwyn.

Trodd ar ei sawdl gan anwybyddu Elystan yn gweiddi 'HEI!' a 'MYN CEBYST!', ac anelodd am ei gartre er mwyn gorffen y siocled poeth gyda chacen sbwng. Ond wrth iddo eistedd yng nghadair freichiau orau'r lolfa grand, doedd o ddim yn medru anghofio am yr hyn welodd o wrth ollwng ei afael ar y crys.

Roedd yn beth rhyfedd (hurt bost, hyd yn oed), ond wrth i Heddwyn roi'r crys i Elystan, fe fyddai wedi taeru bod y crys yn edrych yn flin – fel petai'n gandryll am gael ei roi'n anrheg.

"Paid â bod yn wirion," meddai Heddwyn i'w hun. "Does gan grysau ddim teimladau!"

Y Cyfog Gwerthfawr

Y noson honno, roedd breuddwydion Heddwyn yn llawn atgofion anghynnes. Yn yr olaf, roedd yn eistedd yn atig y bwystfil, yn sychu dagrau o'i lygaid gyda hances eithriadol o gywrain.

"Dwi dal ddim yn dallt pam bod rhaid i fi chwydu'r peth hurt 'na," meddai'r bwystfil.

"Ar gyfer yr angladd," meddai Heddwyn, wedi'i frifo i'r byw. "Ac angladd penigamp oedd e, hefyd. Neu'n hytrach ... och, rydych chi'n deall fy ystyr. Roedd 'na hen ddigon o lefain arbennig o barchus. Dwi'n meddwl y byddai Peredur wedi'i blesio'n fawr."

"'Machgen i, dwi'n meddwl y byddai o wedi'i blesio'n llawer mwy 'tysa fo ddim wedi'i drywanu ei hun ar frigyn pigog," meddai'r bwystfil. "Lembo oedd o, a ddim yn werth galaru drosto. Ddylsat ti 'di gadael i fi byllu'r boi ers talwm."

"Roedd e wrth ei fodd gyda'i frigau pigog ..." meddai Heddwyn.

Er bod eu perthynas wedi dechrau'n ansicr (ac yn cynnwys llawer gormod o frigau pigog), roedd Heddwyn wedi treulio mwy o amser yn sgwrsio â Peredur nag unrhyw fod dynol arall. Yn bennaf, roedd hyn oherwydd bod Heddwyn wedi bygwth bwydo Peredur i'r bwystfil pe na bai'n fodlon treulio pob prynhawn Sadwrn yn ei gwmni.

O ganlyniad, doedd Heddwyn ddim yn synnu bod ei sgyrsiau â Peredur braidd yn bytiog. Er hyn i gyd, roedd Heddwyn yn benderfynol o deimlo'n drist am ei farwolaeth.

"Ty'd yn dy flaen, Heddwyn. Mae dy ymdrechion i fod yn ddigalon yn ddigon i roi'r felan i fi. Fysat ti'n licio i mi chwydu pâr o drowsus sionc neu rwbath?" gofynnodd y bwystfil.

"Dydw i ddim yn credu bod hynny'n mynd i helpu," meddai Heddwyn. Doedd o erioed wedi wynebu problem oedd yn amhosib ei datrys, yn rhannol o leiaf, gyda phâr o drowsus sionc. "Y peth gwaethaf yw peidio cael yr un prynhawn anghyfforddus gyda Peredur eto. Dyna oedd uchafbwyntiau'r wythnos gyfan, er fy mod i'n eitha sicr mai isafbwyntau oedden nhw iddo fe. Fydda i byth yn deall sut gall rhywun fod yn fyw ac yn iach un diwrnod, ac wedi mynd y diwrnod nesaf."

"Marwolaeth, Heddwyn. Mae'n rhywbeth sy'n digwydd i bob un twpsyn ar y ddaear."

Sychodd Heddwyn ei lygaid eto, mewn ymdrech i ddangos i'r bwystfil nad oedd ei sylwadau'n gwneud unrhyw ddaioni.

"Iawn 'ta," meddai'r bwystfil, gan ochneidio'n ddrewllyd. "Os ydw i'n chwydu ffordd i ti ei weld o unwaith eto, ti'n meindio codi dy galon?"

Nodiodd Heddwyn yn eiddgar. Caeodd y bwystfil ei dri llygad du a'i geg wlyb. Dechreuodd wiglo ei lwmp o gorff a gwneud sŵn hymian isel wrth symud o ochr i ochr.

Yna, heb rybudd, deffrodd Heddwyn o'i drwmgwsg.

Roedd canrifoedd wedi pasio ers iddo feddwl am Peredur, a'r anrheg garedig roedd y bwystfil wedi'i chwydu. Wrth iddo wisgo a chychwyn i lawr y grisiau, gwnaeth ei orau i feddwl pam bod yr atgof wedi ymddangos o nunlle.

Roedd y radio ymlaen yn y gegin, gyda'r orsaf leol yn chwarae 'Picnic mewn Corwynt' drosodd a throsodd, gyda phawb o gynulleidfa'r theatr wedi ffonio a gwneud cais amdani. Dawnsiai Esyllt wrth ganu, a gwên wedi'i phlastro ar draws ei hwyneb, ond dim ond dawnsio wnaeth Betsan, yn gwrthod canu o flaen Esyllt.

Ymunodd Heddwyn yn yr hwyl. Doedd ei ganu'n ddim byd arbennig, ond roedd ei ddawnsio'n gwbwl erchyll – yn ddim byd ond breichiau a choesau'n fflapian yn wyllt, heb unrhyw fath o rythm. Cwympodd i mewn i'r sosbenni yng nghanol un symudiad arbennig o uchelgeisiol.

"Be ti'n neud, Mistar Snichyn?" meddai Betsan. Roedd hi'n chwerthin yn afreolus, wrth i Esyllt ymdrechu'n galed i aros yn gwrtais a pheidio gwneud hwyl am ei ben.

"Dawnsio fel petai hi'n 1899. Rhaid dweud, mae hyn yn teimlo'n fwy iachus na'r bath boreuol, hyd yn oed," meddai Heddwyn. "Rho gynnig arni, Betsan. Cana gyda ni!"

"Dim ffiars o beryg. Dwi'm yn ganwr," meddai Betsan. Ond cafodd ei llais ei golli yng nghanol y sgrechian canu o'i chwmpas.

Daliodd y tri ohonynt i gynnal eu parti tan i'r orsaf radio fynd yn erbyn barn y bobl o'r diwedd a chwarae cân wahanol. Aeth Heddwyn at y bwrdd, a darganfod bod Betsan wedi gosod llestri arno'n barod. Roedd y gyllell a'r fforc wyneb i waered a'r alarch roedd hi wedi'i wneud o'r napcyn yn debycach i wylan farw, ond roedd hi wedi gosod hoff gomic Heddwyn ar y bwrdd yn feddylgar. Er nad oedd hyn cweit mor dda ag anrheg hud gan greadur hollbwerus, roedd Heddwyn yn ei werthfawrogi beth bynnag.

"Nawr 'te, fy nhwmplenni, beth y'ch chi ffansi ei wneud bore 'ma?" gofynnodd Esyllt.

Mynnai hithau baratoi brecwast bob bore, fel ffordd o ddiolch i Heddwyn a Betsan am adael iddi aros yn y tŷ pymtheg llawr. Fel pob un parot piws Wintloraidd, roedd ganddi'r gallu i ddodwy wyau yn cynnwys unrhyw fath o fwyd, gyda Heddwyn yn ei herio hi'n aml.

"Cafiar ar dost gyda madarch prin o fynyddoedd yr Himalaya ar ben y cyfan," meddai yntau, yn siŵr ei fod wedi'i churo hi'r tro 'ma.

Nodiodd Esyllt, cyn neidio ddwywaith ac ysgwyd ei phen-ôl. Deg eiliad yn ddiweddarach, dodwyodd hithau wy glas golau, a'i roi i Heddwyn.

"Dyma chi," meddai hithau, ei phig wedi gwneud siâp gwên fach fodlon.

Craciodd Heddwyn yr wy ar agor ar ei blât, ac allan daeth platiad o gafiar ar dost gyda madarch prin o fynyddoedd yr Himalaya ar ben y cyfan. Mentrodd frathiad petrusgar, a phrofi un o'r prydau gorau iddo ei flasu erioed. Dodwyodd Esyllt wy yn llawn cacenni siocled i Betsan, oedd hefyd yn plesio'n fawr iawn.

"Ti mooor briliant! Elli di ddodwy comic i fi hefyd?" gofynnodd Betsan.

"Na allaf, mae gen i ofn. Cofia, dim ond bwyd all parotiaid ddodwy," meddai Esyllt.

"Roedd fy mwystfil yn medru chwydu unrhyw beth yn y byd," meddai Heddwyn.

Doedd o ddim wedi sylweddoli gwir ystyr ei eiriau tan iddyn nhw ddianc o'i geg. Edrychodd Betsan ac Esyllt tuag ato wedi'u dychryn.

"Dydw i ddim yn credu bod y bwystfil yn bwnc trafod addas ar gyfer y bwrdd bwyd," meddai Esyllt.

"Nadi siŵr!" cytunodd Betsan.

"Mae'n ddrwg gen i. Gefais i freuddwyd braf amdano fe neithiwr," meddai Heddwyn. Meddyliodd am anrheg y bwystfil unwaith eto, gan geisio cofio ble yn y tŷ roedd yn cuddio. "Hunllef! Hunllef erchyll gefais i. Dyna roeddwn i'n feddwl. Wrth gwrs."

"Gefais i un o'r rheiny hefyd. Roeddwn i mewn corff arall, a ddim yn medru rhwystro fy hun rhag chwerthin am ben rhywun oedd yn udo mewn poen," meddai Esyllt. "Mae'n beth rhyfedd ofnadwy, gan fy mod i'n eithriadol o sensitif i unrhyw un sy'n cael ei drin yn wael neu'n angharedig. Ta waeth. Nonsens yw'r cyfan, siŵr iawn. Sut oedd dy gwsg di, Betsan?"

"Iawn," meddai Betsan, wedi'i siomi mai hi oedd yr unig un heb hunllef i sôn amdani. "Dim byd ond rhochian."

"Merch lwcus. Nawr, beth yw'ch cynlluniau am y diwrnod?" gofynnodd Esyllt.

"Mwy o wneud daioni, debyg," meddai Betsan.

Rhoddodd Heddwyn rwgnach bychan, wrth i Esyllt wenu'n llydan a gofyn pa fath o ddaioni oedd gan Betsan mewn golwg.

"Dwm'bo," meddai Betsan. "'Dan ni wedi rhoi cynnig ar fwyta cawl a golchi dillad, ond doedd hynny ddim iws. Unrhyw syniada?"

"Wel, does dim o'i le â gwirfoddoli," meddai Esyllt.

"Gwirfobethnawr?" gofynnodd Heddwyn.

"Gwirfoddoli. Gwneud ambell beth bach er lles eich cymuned," meddai Esyllt.

"A beth yw pwynt peth felly?" gofynnodd Heddwyn.

"Sa i'n siŵr bod *pwynt*, yn union, ond mae rhoi cymorth i bobl yn syniad da bob tro," meddai Esyllt.

"Syniad gwych!" meddai Betsan. "Wnawn ni alw'r peth yn *Wirfoddoli Bwystfilaidd*!"

"Na, yn sicr ddim. Dim mwy o sôn am y bwystfil i unrhyw un y tu hwnt i'r waliau yma," meddai Heddwyn. "Cofio fi'n sôn am yr asiantaeth gudd sy'n hela bwystfilod? Fe allen nhw fod yn ein gwylio'r eiliad hon."

"Hyd yn oed tasen nhw ar y stepan drws, fysa 'na ddim ots yn y byd, y lolyn. Mae'r bwystfil wedi hen fynd," meddai Betsan.

"Ond fydden nhw ddim yn hapus iawn gyda fi am ei guddio'n y tŷ," meddai Heddwyn.

"Mwy o lol," meddai Betsan. "Dwi ddim yn meddwl bod 'na'r fath beth ag asiantaeth –"

Daeth sŵn cnoc sydyn ar y drws. Llyncodd Heddwyn ei boer.

"Na, does bosib," meddai Betsan.

Wrth i Heddwyn benderfynu y dylai guddio o dan y bwrdd, aeth Betsan ac Esyllt at y drws. Ar ôl cyrraedd, doedd yr un asiant cudd i'w weld yn unman. Dim ond y fadfall-ddynes o'r sw oedd yno, yn gafael yn y sgwter o'r arwerthiant, ac yn edrych yn eithriadol o anhapus.

"Rhy dda i fod yn wir," crawciodd y fadfall-ddynes. Roedd ei haeliau wedi codi mewn ffordd 'Rhy dda i fod yn wir'-aidd iawn. "Roeddwn i'n gwybod o'r cychwyn cyntaf. Ar ôl clywed bod gen ti ran yn hyn, Betsan, roeddwn i'n siŵr bod yr arwerthiant am fod yn un trafferthus dros ben. Does gen i ddim syniad sut lwyddodd Elystan i 'narbwyllo fel arall – rwy'n dal i gofio'r diwrnod roddaist ti gyri chwilboeth i'r eliffantod."

"Am be ti'n sôn?" gofynnodd Betsan.

"Roedden ni'n clirio eu baw am ddyddiau. Dyna beth."

"Y sgwter, nid fy nghastia. Doedd yr epaod ddim wedi mwynhau?"

"Nag oedden wir, a rwyt ti'n gwybod hynny'n iawn. Wyddwn i ddim sut gastiau chwaraeaist ti tro 'ma, ond mae'r sgwter yn mynnu eu taflu oddi arno o hyd. Epaod druan."

"Camddealltwriaeth, mae'n siŵr. Dyw Betsan ddim wedi ymyrryd â'r sgwter," meddai Esyllt. "Ai'r epaod sydd ar fai am eu sgiliau sgwtera gwael?"

"Peidiwch â meiddio beio'r epaod!" crawciodd y fadfall-ddynes. "Rwy'n gwybod yn iawn mai esgus i chwarae castiau oedd yr arwerthiant. Sut arall mae esbonio hyn i gyd?"

Roedd rhaid i Betsan ac Esyllt gamu ar y lawnt er mwyn gweld 'hyn i gyd'. Gwelodd y ddwy fod sawl peth wedi'i ddychwelyd o'r arwerthiant bwystfilaidd. Roedd llythyrau cas wedi'u gludo i'r rhan fwyaf ohonynt yn beio Betsan am chwarae castiau annifyr.

Roedd y goeden Nadolig oedd yn ei haddurno'i hun yno, ar ôl i'r dyn llaeth ei phrynu, a'r goedwen wedi ailaddurno ei holl dŷ'r dyn llaeth heb unrhyw fath o chwaeth neu steil. Yno hefyd roedd yr holl setiau teledu, wedi iddyn nhw wrthod dangos unrhyw sianel heblaw am *Tractors 24/7!*, tra bod llyfrgellydd y dref wedi dychwelyd y siwt astronot gan ei bod yn mynnu plygu drosodd a dangos rhan breifat iawn i'r defnyddwyr.

"Sa i'n deall beth ddigwyddodd," meddai Esyllt.

"Betsan ddigwyddodd," mynnodd y fadfall-ddynes. "Fyddai pawb ar eu hennill petai'n aros yn bell o'r lle 'ma." A gyda hynny, brasgamodd i ffwrdd o'r tŷ pymtheg llawr.

Roedd Betsan yn dawel wrth i hithau ac Esyllt ddod â'r holl eitemau o'r lawnt. Unwaith iddyn nhw gau'r drysau, ac ar ôl i Heddwyn fentro allan o'i guddfan o dan y bwrdd, esboniodd Esyllt y cyfan iddo.

"Fydden ni wedi gwerthfawrogi rhybudd am y pethau 'ma, Heddwyn," meddai Esyllt. "Mae'r dref gyfan yn beio Betsan am eu hymddygiad – mae'n erchyll!"

"Allwn i ddim bod wedi'ch rhybuddio chi. Pethau dymunol a defnyddiol oedden nhw i gyd, pan gawson nhw eu chwydu gan y bwystfil," meddai Heddwyn. "Roedd Elystan wedi sôn bod pethau'r un mor rhyfedd wedi digwydd iddo fe, fel petai'r holl anrhegion yn flin am gael eu rhoi i bobl eraill. Ond dydi hynny ddim yn bosib, nag yw e?"

Doedd Betsan ddim yn malio'r botwm corn lleiaf am y rheswm dros ymddygiad rhyfedd y pethau bwystfilaidd. "Mae pawb yn fy meio i," meddai hithau'n ddistaw. "Merch fach ddrwg fydda i iddyn nhw bob tro, dim ots be dwi'n neud."

"Paid â thristáu am y peth, fy nhwmplen. Mae newid meddwl rhywun yn waith anodd ac ara' deg," meddai Esyllt.

"Wel, ma'n hen bryd cyflymu'r broses," meddai Betsan. "Dewch 'mlaen. Awn ni i wirfoddoli'n syth. Dyna ddangos i'r penbyliaid gwirion 'na eu bod nhw'n anghywir amdana i."

Cipiodd ei bag ac anelu am y drws. Hedfanodd Esyllt ar ei hôl, ond arhosodd Heddwyn yn y gegin.

"Chdi hefyd, Mistar Snichyn," meddai Betsan. "Gei di ddechra yng nghartre'r henoed. Ti wrth dy fodd yn syllu ar groen crychog hen bobl eraill."

"Ond fy mrecwast ... alla i ddim gwneud y gwirfobethnawr rywdro eto?" gofynnodd Heddwyn.

Roedd Betsan ar fin ei wrthod, ac yn benderfynol o'i orfodi i wneud daioni – yn erbyn ei ewyllys, os oedd angen – ond roedd Esyllt yno o'i blaen.

"Beth am roi mymryn o amser i Heddwyn ddod ato fo'i hun? Roedd e wasgod yn un sensitif," meddai Esyllt, ei llygad chwith yn gwingo. "*Wastad*, yn hytrach. A beth bynnag, falle y medrwn ni wneud mwy mewn dau griw ar wahân."

Roedd Betsan ymhell o fod yn hapus, ond penderfynodd beidio gwneud mwy o stŵr gan ei bod yn ymddiried yn Esyllt. Aeth y ddwy allan, gan adael Heddwyn ar ei ben ei hun gyda'i frecwast.

Aeth ei feddwl yn ôl at anrheg y bwystfil. Roedd yn sicr bod dim golwg ohoni yn yr arwerthiant. Yna, meddyliodd am yr hyn ddywedodd Esyllt wrth i'w llygad wneud cymaint o wingo.

"Gwasgod!" meddai i'w hun. "Wrth gwrs!"

Rhedodd i fyny at yr ystafelloedd gwasgodau ar y trydydd llawr ar ddeg, ac anelu'n syth am ei gasgliad helaeth o wasgodau lliw llewpard. Wedi'i guddio o dan res anniben o wasgodau â phatrymau campus, roedd blwch o bethau doedd Betsan ac Esyllt ddim wedi'i weld.

Anrheg y bwystfil oedd un o'r eitemau yn y blwch. Llyfr atgofion hudolus, yn troi atgofion yn ddarluniau ac yn rhoi cyfle i chi weld wyneb yr un roedden chi'n ei golli'n fwy na neb arall.

Y tro diwethaf i Heddwyn gyffwrdd yn y llyfr, roedd wedi'i ddefnyddio er mwyn cael gweld ei gath annwyl, y Parchedig Grwndi. Ers hynny, doedd o ddim wedi hiraethu am gael gweld unrhyw un.

Chwythodd ganrifoedd o lwch oddi ar glawr y llyfr a'i ddal yn ei freichiau'n addfwyn. Oedodd cyn ei agor, yn ofni beth oedd yn cuddio ymysg y tudalennau.

Y Cymorth Diangen

Dechreuodd Esyllt a Betsan eu hymdrechion i wirfoddoli yn y siop adar. Fel bron i bawb arall y bore hwnnw, roedd y ceidwad adar yn hymian tôn 'Picnic mewn Corwynt'.

"Bore da!" cyfarthodd Betsan. "Sut alla i helpu?"

"Onid dyna'r cwestiwn ddyliwn i fod yn ei ofyn?" gofynnodd y ceidwad adar.

"Ar unrhyw ddiwrnod arall, ond mae heddiw'n wahanol. Dwi yma i wirfoddoli," meddai Betsan. "Oes angen i fi fwydo grawnwin i'r Eryr Ffiaidd a Ffyrnig? Alla i hyd yn oed roi bath i'r Hoatsin drewllyd 'na, os oes angen."

Roedd y ceidwad adar yn ddyn busnes oedd yn siarad yn blaen ac yn meddwl yn blaenach. Stryffaglodd am hydoedd er mwyn deall beth oedd ystyr 'gwirfoddoli'. Roedd y ffaith ei fod wedi treulio'r rhan fwyaf o'r bore'n tawelu dadl rhwng dringiedyddion y mêl ac Alun y Golomen ddim yn helpu.

"Sa i'n deall," meddai. "Wyt ti wir yn cynnig gweithio yma, ond yn gwrthod cael dy dalu?"

Allai'r ceidwad adar ddim credu ei lwc dda, a bu bron iddo ddechrau neidio mewn llawenydd. Ond yna daeth yn agosach fyth at rowlio tin-dros-ben mewn rhwystredigaeth.

"Och! Fy ngwirfoddolwr cyntaf erioed, a merch fach waetha'r dref yw hi," meddai'n bwdlyd. "Jôc yw'r cyfan."

"Dwi 'di rhoi'r gora i jôcs a chastia," meddai Betsan. "Rho dasg i fi ei gneud. Wnei di ddim difaru."

"Wna i ddim difaru oherwydd dydw i ddim am wneud y fath beth," meddai'r ceidwad adar. "A does dim pwynt rhaffu celwyddau. Mae'r pethau 'na brynais i yn yr arwerthiant yn dangos dy fod ti'n amlwg yn dal i fod ym myd y castiau."

"O diar, nid chi hefyd. Beth ddigwyddodd?" gofynnodd Esyllt.

"Mae'r sugnwch llwch sy'n darllen meddyliau yn beryg bywyd. Roedd rhaid i mi ei gadw dan glo ar ôl iddo ddod yn agos at sugno'r twcaniaid i'w fol," meddai'r ceidwad adar. "Yn y cyfamser, mae'r piano melltigedig yn y gornel wedi dechrau chwarae caneuon ar ei liwt ei hun – caneuon hyll a swnllyd, pan mae'n amser i'r adar fynd i'r gwely. Pwy arall ond Betsan fyddai'n gwneud peth felly?"

"Ond wnes i ddim byd," meddai Betsan yn drist.

"Dydw i ddim yn dy goelio di, a fyddwn i ddim yn peryglu 'musnes – mae'n llawer rhy bwysig i mi," meddai'r ceidwad adar. "Beth amdanoch chi, Esyllt – ydych chi'n teimlo'n well?"

"Purion, diolch," meddai hithau'n gyflym.

"Siŵr? Dydi eich lliw ddim yn iach. Falle bod mwy o arbrofion yn syniad da," meddai'r ceidwad adar.

"Pa arbrofion?" gofynnodd Betsan.

"O, des i yma cyn yr ymarfer neithiwr. Eisiau gwybod oedd angen i mi boeni am yr holl nosweithiau di-gwsg," meddai Esyllt, yn dal i siarad yn frysiog. "Dim ots. Roedd y canlyniadau'n profi fy mod i'n barot eithriadol o iach. Dim mwy o arbrofion i mi."

"Siwtiwch eich hun," meddai'r ceidwad adar yn bigog. "Nawr, os nag y'ch chi'n meindio, mae gen i fusnes i'w redeg ..."

Gadawodd Betsan ac Esyllt y siop. Hedfanodd y ddwy at Theatr Twmpath er mwyn gwirfoddoli.

"Dyw'r theatr ddim yn addas ar gyfer plant!" meddai Mr Twmpath.

"Yn enwedig un fel ti! Wnawn ni fyth anghofio'r diwrnod i ti ludo pawb i'w seddi!" ychwanegodd Mrs Twmpath.

Cafodd y ddwy ymateb tebyg iawn ar ôl cyrraedd y sw. Cynigiodd Betsan godi holl faw'r eliffantod am wythnos, fel ffordd o wneud yn iawn am fusnes anffodus y cyri chwilboeth, ond doedd y fadfall-ddynes ddim yn fodlon gwrando ar yr un gair o'i cheg.

"Fyddai'n well gen i dreulio noson yng nghaetsh y llewod," crawciodd hithau. "Fyddwn i'n wirion bost yn rhoi cymaint o faw i ti, yn rhad ac am ddim. Gwneud rhywbeth erchyll fyddet ti – rwy'n gwybod yn iawn sut mae castiau'n gweithio!"

"Wir yr, dwi 'mond yn rhoi cynnig ar –" cychwynnodd Betsan.

"Rhowch gynnig yn rhywle arall, 'mechan i!" meddai'r fadfall-ddynes. Rhoddodd waharddiad oes o'r sw i Betsan cyn cau caeadau ei ffenest ar frys.

Trodd Betsan at Esyllt. "Sut yn y byd mae disgwyl i fi wneud daioni os na fydd pobl yn gadael i fi helpu?" cwynodd hithau.

"Alla i ddim credu bod pawb mor eithriadol o anghyfeillgar," meddai Esyllt. Gwingodd ei llygad chwith eto wrth feddwl am yr holl annymunoldeb. "Ond paid ti â phoeni, fy nhwmplen. Rwy'n siŵr y bydd pethau'n newid. Ble awn ni nawr? Beth am y gŵr gyda'r dannedd aur o'r arwerthiant? Roeddet ti'n sgwrsio'n ddigon cyfeillgar gyda fe."

"Na, Mostyn ap Tegell ydi'r boi ola fysa'n fy helpu i wneud daioni. Dim ond un lle arall sy'n dod i'r meddwl," meddai Betsan.

Y cartre plant oedd y lle hwnnw. Unwaith eto, doedd neb yn awyddus iawn i dderbyn cynnig Betsan.

"Wyt ti o ddifri?!" sibrydodd Glyn Clec. Wrth eistedd yn ei swyddfa, gallai Betsan ac Esyllt glywed plant yn gweiddi ac yn sgrechian y tu allan.

"Ydw," sibrydodd Betsan yn ôl. "Dwi 'di treulio'r rhan fwya o 'mywyd i yn y lle 'ma, felly dwi'n gwbod lle mae bob dim. Rhaid bod 'na ddigon o bethau sydd angen eu gwneud."

"Plentyn arall ydi'r peth ola dwi angen! Yn enwedig un yn llawn castia fel ti," meddai Glyn. "Does dim rhyfedd dy fod ti mor anodd, a chofio pwy oedd dy rieni. Dwi 'di darllen dy ffeil."

"Fy ffeil?!" sibrydodd Betsan. Ymbalfalodd yn ei phoced gefn, a dangos y llun o'r dyn â mwstásh a dynes heb unrhyw fwstásh o gwbwl. "Os na ddudi di'r cyfan am fy rhieni'r funud 'ma, dwi am achosi pob math o drwbwl!"

Gwgodd Glyn ar y llun.

"O, ai dyna dy rieni? Maen nhw'n edrych yn hyfryd. Rhaid

mai ffeil rhywun arall oedd hi," sibrydodd Glyn. "Dwi wedi gorfod darllen gymaint ohonyn nhw. Oes gen ti unrhyw syniad faint o blant sy yn y lle 'ma?"

"Gadewch i Betsan helpu, felly," sibrydodd Esyllt. "Wna i fetio fy mhlu na wnewch chi ddifaru."

"Na wna i, wir. Sut fyddai'r cartre'n elwa o gael chwaraewr castiau yma oedd yn meddwl bod rhoi catapwlt i Casi Twmpath yn syniad da?" sibrydodd Glyn. Gwrthododd wrando ar honiadau Betsan fod y catapwlt wedi'i ddwyn oddi arni. "Mae Casi wedi bod yn dychryn y plant eraill. Bob tro mae hi'n taro un ohonyn nhw, mae hi'n honni ei bod hi'n 'darganfod ei chymeriad'. Diolch byth nad ydi hi wedi dod o hyd i mi eto."

"Dwi jest isio gwneud mymryn o ddaioni. *Plis*," sibrydodd Betsan yn daer.

"NA!" gwaeddodd Glyn. Rhoddodd law dros ei geg ac edrych yn nerfus tua'r drws.

Gadawodd Betsan ac Esyllt y swyddfa'n crynu gan ddicter. Erbyn hyn, roedd Betsan yn teimlo'n gwbwl ddigalon am ei hymdrechion i wirfoddoli.

Wrth iddyn nhw adael y cartre plant, daethant o hyd i Casi'n sefyll uwchben Iestyn. Roedd afal pwdwr wedi'i lwytho yn y catapwlt.

"Hei!" meddai Betsan. "Gad lonydd i fy ffrind!"

Trodd Casi i wynebu Betsan. Roedd hi'n dal i wisgo'r clocsiau, ond wedi newid ei siaced sgleiniog a het silc am ffrog grand a thiara.

"Allech chi ddim gweld fy mod i'n ymarfer? Ar ôl y llwyddiant ysgubol neithiwr, rydw i am gymryd rheolaeth o sioe nos Wener hefyd," meddai Casi. "Enw fy nghân newydd yw 'Casi a'i Chatapwlt', a rwy'n gwneud fy ngorau i ddarganfod fy nghymeriad. Chi'n meindio gadael?"

Agorodd Esyllt ei phig er mwyn protestio. Estynnodd Casi ei llaw a chau'r pig yn glep.

"Shh, shh, does dim angen siarad. Rwy'n gwybod eich bod chi'n gwerthfawrogi'r peth," meddai hithau. "Fel tâl, rwy'n fodlon derbyn *hanner* yr arian roeddech chi am ei roi i'r cartre plant."

Trodd yn ôl at Iestyn, ac anelu'r afal at ei ben.

"Pam ddim mynd â'r catapwlt a'r afal at Glyn? Mae o'n cuddio yn ei swyddfa," awgrymodd Betsan.

"Syniad gwych," meddai Casi. "Dyna wna i nesa."

Saethodd Casi ei hafal i wyneb Iestyn, a chlocsio draw tuag at y cartre plant. Tynnodd Betsan ei ffrind ar ei draed a defnyddio llawes ei siwmper er mwyn glanhau'r olion afal o'i ddillad. Edrychodd y ddau ar ei gilydd yn lletchwith. Doedd yr un ohonyn nhw'n gwybod beth i'w ddweud, heb gomic i ddechrau'r sgwrs.

"Dwi am fynd i guddio yn y peiriant golchi dillad," meddai Iestyn.

"Neu tu ôl i'r oergell? Fydd hi byth yn sbio fan'no," meddai Betsan.

Cytunodd Iestyn, wrth i Betsan ac Esyllt adael y cartre plant ymhell ar eu holau. Roedd amynedd Betsan yn dechrau mynd yn brin.

"Beth am fynd i siop Miss Cawdel ar y ffordd adre? Rwyt ti'n haeddu 'chydig o losin ar ôl heddiw," meddai Esyllt.

"Dwi'm yn meddwl bod hynny am helpu. Os dydi hyd yn oed y cartre plant ddim am fy nghymryd i, sut dwi fod i wella fy ymddygiad?" meddai Betsan. "Mae'n teimlo fel bod pawb yn y byd yn fy erbyn i."

Edrychodd Betsan ar Esyllt, yn disgwyl ambell air o gydymdeimlad, ond daeth newid rhyfedd dros y parot. Bob tro i Esyllt weld angharedigrwydd yn ddiweddar, ymddangosai fel petai wedi'i brifo'n gorfforol, ond bellach dechreuodd ei phig grechwenu'n od – fel bod rhan ohoni'n falch bod hyn oll yn digwydd.

Roedd ei llygad chwith yn newid o las llachar i ddu disglair.

Y Daioni Annisgwyl

Tra bod Betsan ac Esyllt yn hedfan o amgylch y lle, roedd Heddwyn yn astudio lluniau ohono'i hun mewn albwm. Yn benodol, lluniau ohono a'r bwystfil.

Y cyntaf oedd darlun o Heddwyn a'r bwystfil yn Ffair y Rhew gafodd ei chynnal ar lyn solet Llan-y-Llaca, yn ystod gaeaf arbennig o greulon. Doedd Heddwyn ddim yn llawer hŷn na thri deg oed, a'r bwystfil yn ddigon bychan i gael ei gludo mewn basged, â thri thwll wedi'u torri ynddi ar gyfer ei lygaid.

Yn y cefndir, y tu ôl i un o'r cellweirwyr gwirion ar sglefrau rhew, gallai Heddwyn weld Peredur Pishyn yr Ail. Plentyn ofnadwy oedd o, ac wedi etifeddu hoffter ei dad o frigau pigog.

Roedd y darlun nesaf yn dangos Heddwyn a'r bwystfil

yn tywallt llond pot o bi-pi dros ben hunangyfiawn Peredur Pishyn yr Wythfed, gan ddifetha ei wig yn llwyr. Daeth yr un nesaf o oes y Trydydd Peredur Pishyn ar Ddeg, ac yn cofnodi'r adeg pan oedd y bwystfil wedi cytuno yn erbyn ei ewyllys i ddawnsio gwerin gyda Heddwyn er mwyn osgoi'r trafferth o fynd i'r ddawns fawr yn neuadd y dref.

Yna daeth ambell ddarlun o'r pethau roedd y bwystfil wedi'u chwydu dros y canrifoedd. Roedd digon o'r rhain wedi'u gwerthu yn yr arwerthiant, ond roedd rhai eraill – fel yr esgidiau glaw gyda rocedi yn y sodlau, a'r cwpanau wy carismataidd – yn dal i guddio yn nyfnderoedd y tŷ.

Roedd yn amhosib peidio bodio drwy'r llyfr cyfan, a gallai Heddwyn edrych arno dro ar ôl tro oherwydd bod ei atgofion yn newid drwy'r amser. Aeth ar goll yn ei atgofion ei hun, heb oedi i feddwl am ystyr y cyfan.

Ond, yn union cyn cychwyn edrych ar yr albwm am y pedwerydd gwaith, sylweddolodd Heddwyn beth oedd hyn oll yn ei feddwl – ei fod yn gweld eisiau'r bwystfil yn fwy nag yr oedd yn gweld eisiau unrhyw un arall yn y byd.

"O na," meddai Heddwyn. Yna, er mwyn gwneud ei farn yn berffaith glir, ychwanegodd, "O na, na, na!"

Doedd o ddim yn credu bod y peth yn bosib. Roedd meddwl bod ei fywyd fymryn yn haws gyda chreadur hudolus wrth ei ochr yn un peth, ond roedd gweld eisiau'r cythraul glafoeriog, mileinig yn beth cwbwl wahanol.

Caeodd Heddwyn y llyfr yn erbyn ei ewyllys – yn gwybod yn iawn na ddylai edrych arno eto. Aeth â'r llyfr i lawr y grisiau a'i guddio o dan y soffa yn un o'r lolfeydd, yn gwrthod ei ddychwelyd i ganol y gwasgodau lliwgar.

Gwnaeth ei orau i anghofio am y peth trwy fynd allan i daclo'r eitemau bwystfilaidd oedd yn dal ar y lawnt. Wrth agor y drws, gwelodd ddyn eithriadol o hen yn craffu ar y cyfan.

"Alla i fod o gymorth?" gofynnodd Heddwyn, mewn tôn oedd wir yn awgrymu mai 'Cer oddi ar fy lawnt, yr hen ddyn rhyfedd!' oedd gwir ystyr ei eiriau. Dywedodd yr un peth eto, ac yn uwch, ar ôl sylweddoli bod teclynnau clywed yr hen ŵr wedi'u diffodd.

"Hmm?" meddai yntau. Roedd yn cynnal ei hun gyda dwy ffon gerdded. "O, shw'mai. Allech chi fod o gymorth?"

"Dyna'n union ofynnais i," meddai Heddwyn, yn anniddig. Roedd y llyfr atgofion wedi'i roi mewn tymer annifyr dros ben. "Beth y'ch chi'n wneud yma?"

Chwaraeodd yr hen ddyn â'i declynnau clywed. "Edrych am yr arwerthiant ydw i," meddai, mewn llais gwan a sych. "Soniodd Aerona fod pethau bendigedig ar gael yma."

"Aerona? Pwy ar y ddaear yw Aerona?" meddai Heddwyn.

"Ddoe oedd yr arwerthiant. Wedi gorffen, wedi cwpla, wedi mynd. Cafodd popeth ei werthu."

Cododd yr hen ddyn ael wrth weld yr holl eitemau ar y lawnt.

"Fyddech chi ddim eisiau'r un o'r rhain," meddai Heddwyn. "Dydyn nhw ddim yn gwneud unrhyw beth ond creu trafferth."

Tristaodd yr hen ddyn yn arw, a theimlodd Heddwyn chwa o dosturi. Yna daeth fflach o ysbrydoliaeth wrth iddo gofio Betsan yn dweud y dylai wneud mymryn o wirfobethnawr yng nghartre'r henoed. Roedd yn teimlo fel bod y cyfle i wneud rhywbeth tebyg wedi glanio ar ei stepen ddrws, yn llythrennol.

"Hoffech chi ddod i mewn? Gorffwys eich coesau ... a'r math yna o beth?" gofynnodd Heddwyn.

"Dyw fy nghoesau i ddim angen gorffwys!" meddai'r hen ddyn yn benderfynol. Serch hynny, dechreuodd ymlwybro gyda'i ffyn cerdded tua'r drws ffrynt. "Ond fyddwn i wrth fy modd gyda dishgled o de."

Aeth Heddwyn yn ôl i'r tŷ. Dechreuodd ferwi'r tegell, gosododd un o'i setiau te gorau ar y bwrdd (ond nid y gorau un, na'r ail orau), a bragu'r pot perffaith o de piws. Ar ôl cerdded drwy'r tŷ gyda'r hambwrdd, gwelodd nad oedd yr hen ddyn wedi mynd ymhellach na'r drws ffrynt.

"Gadewch i mi helpu," meddai Heddwyn.

"Smo fi angen help!" meddai'r hen ddyn. "*Dewis* mynd yn araf ydw i."

Camodd yr hen ddyn dros drothwy'r tŷ o'r diwedd. Daliodd un o'i ffyn o'i flaen, fel petai'n cynnig bod Heddwyn yn ysgwyd ei law.

"Mr Pynshi. Dyna fy enw i," meddai'r hen ddyn.

"A Heddwyn Ploryn ydw i."

"Heddwyn Llipryn?"

"Nage. Ploryn. PY! LO! RYN!" gwaeddodd Heddwyn.

"Does dim angen gweiddi," meddai'r hen ddyn. "Glywais i'n berffaith iawn y tro cyntaf."

Craffodd yr hen ddyn o amgylch y tŷ. Yna dechreuodd graffu ar Heddwyn.

"Rydych chi'n eithriadol o ifanc i fyw ar eich pen eich hun mewn tŷ fel hwn," meddai.

"Mae plentyn a pharot yn byw yma hefyd, i chi gael gwybod. Roeddwn i'n arfer byw gyda rhyw ... rhyw*beth* arall, ond mae hynny drosodd bellach," meddai Heddwyn.

"Rhyw*beth*? Anifail anwes?"

"O, llawer mwy nag anifail anwes. Y peth yma oedd fy unig gyfaill am y rhan helaeth o 'mywyd, a ... ie. Ddylwn i ddim sôn llawer mwy am hynny."

"Am nonsens sy'n dod o gegau grytiau ifanc fel chi," meddai'r hen ddyn. Chwifiodd un o'i ffyn yn yr awyr, fel petai'n diystyru'r cyfan o'i flaen. "Prin alla i ddeall gair."

"Ddrwg iawn gen i. Nawr. Ychydig o de?" cynigiodd Heddwyn. "Os hoffech chi, mae 'na frechdanau yn yr oergell. Ond fyddwn i'n argymell yn gryf eich bod chi ddim yn cyffwrdd rheiny."

"Taith o'r tŷ sy'n dod gynta, fel arfer," meddai'r hen ddyn. "Does dim moesau gan ieuenctid heddiw o gwbwl."

"Mae 'na bymtheg llawr," meddai Heddwyn, gan syllu'n bwrpasol ar y ffyn cerdded. "A dim lifft."

"Pa ots yw hynny?" meddai'r hen ddyn yn amddiffynnol.

Doedd gan Heddwyn ddim yr egni i ddadlau, felly gosododd yr hambwrdd i lawr ac arwain yr hen ddyn i fyny'r grisiau. Roedd y siwrne'n hir ac yn chwerthinllyd o ddiflas, gyda'r hen ddyn yn cymryd hydoedd i ddringo pob un set o risiau.

Craffai o amgylch pob un ystafell, a gwneud sawl sylw pigog am y ffordd roedd 'crytiaid' fel Heddwyn yn addurno eu tai. Aeth mor bell â mynnu cael gweld yr atig oer a chabaitshlyd, oedd wedi'i hanwybyddu'n llwyr gan Heddwyn ers i'r bwystfil gael ei fwyta.

"Mae'r ystafell yma hyd yn oed yn waeth na'r gweddill," meddai'r hen ddyn. "Mae gen i dipyn mwy o chwaeth na chi!"

Teimlai Heddwyn yn rhyfedd o warchodol ynghylch hen
ystafell y bwystfil, a daeth yn agos at amddiffyn y gwaith
addurno tamp a llwm. Ond yna sylweddolodd fod symud y
sgwrs yn ei blaen yn syniad llawer gwell.

"Ydych chi'n byw'n lleol?" gofynnodd, gan orfodi gwên
ar ei wyneb.

"Yng ngharte'r henoed ydw i," meddai'r hen ddyn, yn
siarad fel petai'n cyfaddef cyfrinach gywilyddus. "Nid
oherwydd bod angen i mi fod yno, cofiwch! Ond, wel ...
dyna sy'n haws i bawb ar hyn o bryd."

"Does dim yn bod gyda byw mewn –" cychwynnodd
Heddwyn.

"Wrth gwrs ddim!" meddai'r hen ddyn yn flin. Tynnodd
ambell hances fudr o'i boced a dechrau chwythu ei drwyn

mawr coch. "Peth dros dro yw e, dyna'r oll. Fydd Aerona'n dod i fy mofyn yn ddigon buan."

"Eich gwraig yw Aerona?" gofynnodd Heddwyn.

"Ry'n ni *yn* briod, mewn ffordd," atebodd yr hen ddyn. "Roeddwn i'n gobeithio prynu anrheg bach i Aerona yn yr arwerthiant 'ma. A dyma fi wedi colli'r cyfan. Am beth gwirion i'w wneud."

Llenwodd llygaid yr hen ddyn â dagrau o rwystredigaeth.

"Na phoener, Mr Pynshi. Fydd 'na rywbeth yma i chi," meddai Heddwyn, yn tosturio dros yr hen ddyn heb ddeall pam. "Rhywbeth llawer gwell na'r holl sbwriel ar y lawnt."

Aeth Heddwyn i lawr y grisiau a chwilota trwy ei holl eiddo, yn edrych am rywbeth y byddai Aerona'n ei hoffi. Mewn ffit annisgwyl o garedigrwydd, penderfynodd ar un o'i debotiaid gorau (ond nid y gorau un, na'r ail orau na'r nesa). Wrth iddo estyn am ei bumed hoff debot canodd gloch y drws.

Daeth Heddwyn o hyd i nyrs y tu hwnt i'r drws, wedi ffwndro'n llwyr. Gwisgai fathodyn yn datgan mai ei henw oedd 'SHARON'.

"Ddrwg gen i am dorri ar draws, syr, ond dach chi 'di gweld hen ddyn, tua fy nhaldra i, yn ateb i'r enw Mr Pynshi?" gofynnodd hithau, gan frwydro am ei hanadl. "Newydd ddod i gartre'r henoed mae Mr Pynshi, dach chi'n gweld. Mae gen i ofn nad ydi o'n ymdopi'n dda efo bywyd yno."

"Mae Mr Pynshi ar y ffordd i lawr," meddai Heddwyn. "Rhowch ddwy awr iddo fe."

Llenwodd wyneb Sharon y nyrs â rhyddhad wrth iddi weld yr hen ddyn – oedd yn llawer cyflymach yn dod i *lawr* y grisiau. Rhoddodd Heddwyn y tebot iddo, a derbyn gwen ddiolchgar, rychog yn ôl.

"Diolch, Llipryn," meddai'r hen ddyn. "Mae ieuenctid heddiw yn … garedig dros ben. Beth fyddwn i'n ei wneud hebddyn nhw?"

Ymlwybrodd tuag at gar Sharon – gan wrthod pob cynnig ganddi i'w helpu ar y daith. Arhosodd Heddwyn yn y drws er mwyn ffarwelio.

Daeth teimlad cynnes, daionus dros Heddwyn – un oedd wedi bod yn gwbwl absennol yn ystod ei holl fwyta cawl a golchi dillad. Teimlodd ei fod yn haeddu gwobr am ei ymddygiad da, a phenderfynodd na fyddai cael un cip sydyn arall ar y llyfr atgofion yn gwneud dim drwg i neb.

Roedd yn dal i feddwl am ei ddaioni wrth agor y llyfr. Edrychodd i lawr a gweld llun o'r bwystfil yn sgyrnygu – fel petai wedi colli ei dymer yn llwyr â Heddwyn am ymddwyn mor dda.

Y Parot Hedegog

Roedd llygad chwith Esyllt yn dal i ddisgleirio'n ddu wrth iddyn nhw gyrraedd y siop losin, ond doedd hi ddim yn crechwenu'n rhyfedd bellach. Aeth yn ôl i ymddwyn fel hi'i hun.

"Rhaid i ti beidio ypsetio am hyn," meddai hithau wrth Betsan. "Dyw pethau ddim yn ddu i gyd – gaddo."

Roedd y siop losin yn weddol wag, ond yn ysgwyd gan dwrw – gan fod cerddoriaeth roc trwm yn ffrwydro, rhuo a dirgrynu o flwch sain yn y gornel. Gwelodd Betsan ac Esyllt fod Miss Cawdel – oedd yn ifanc, a'i gwallt wedi'i liwio'n las – wedi plygu dros fainc, yn gwneud ei gorau i chwistrellu bar bychan iawn o siocled i ganol mefusen. Edrychodd i fyny o'i harbrawf mewn dryswch.

"O, sothach a siocled, dach chi yma! Ro'n i'n gobeithio cadw'r fferins 'ma'n syrpréis ar gyfer dydd Gwener," meddai, yn craffu ar Esyllt trwy ei sbectol ddiogelwch.

"Fferins? Pa fferins?" gofynnodd Esyllt, wrth i Miss Cawdel eu harwain i'w labordy.

"Y rhai ar gyfer eich cyngerdd, wrth gwrs! Gwnaeth y teulu Twmpath gais amdanyn nhw bore 'ma, yn meddwl y byddai cynnig fferins am ddim yn help i werthu tocynnau," meddai Miss Cawdel. Cododd gynfas wedi'i orchuddio â blawd oddi ar y bwrdd, gan arddangos ei chreadigaethau'n falch. "Felly, be dach chi'n feddwl?"

Roedd y bwrdd yn gwegian dan bwysau'r holl losin. Gwelodd Betsan ac Esyllt goed lolipop, yn union fel y goedwig Wintloraidd lle y cafodd Padrig ac Esyllt eu magu, a danteithion bychain siâp Dafydd Iwan er cof am y tro aeth Padrig ar daith gyda fo. Roedd losin wedi'u hysbrydoli gan 'Picnic mewn Corwynt' yno hyd yn oed, gyda Miss Cawdel hanner ffordd trwy'r gwaith o droelli twb anferth o gandifflos wedi'i rewi yn losin siâp corwyntoedd.

"Mae hyn oll yn gampus, ond rydych chi'n mynd dros ben llestri braidd," meddai Esyllt, gan rwbio ei chrafangau gyda'i gilydd yn nerfus. "Rydw i wir eisiau cadw'r sioe mor fach a syml â phosib."

Roedd Miss Cawdel yn rhy brysur yn dangos ei hun i wrando. Agorodd botyn o losin rhesog piws (wedi'u haddurno â darluniau cartwnaidd o wyneb Padrig), a'u cynnig i Betsan ac Esyllt.

"Mae rhain wedi'u rowlio yn fy fersiwn arbennig i o fferins popio," esboniodd Miss Cawdel. "Mae'r rhan fwyaf o fferins popio wedi'u cynllunio i ffisian ar eich tafod, ond mae'r rhai yma'n ffisian yn eich clustia. Pan dwi'n perffeithio'r rysait, gobeithio y byddan nhw'n gwneud i chi glywed cân nefolaidd. Roeddwn i'n meddwl eu rhoi i'r gynulleidfa ar ôl y sioe – fel eu bod nhw'n medru sugno arnyn nhw er mwyn cofio am y cyngerdd."

Mentrodd Betsan ac Esyllt roi'r losin yn eu cegau, a theimlo ffisian pleserus yn eu clustiau, yn union fel roedd Miss Cawdel wedi'i ragweld – y math o deimlad rydych chi'n ei brofi wrth weld rhywun yn canu'n fyw.

"Diolch, Miss Cawdel," meddai Esyllt. "Mae hyn yn llawer mwy nag o'n i'n ei ddisgwyl, ond ... wel, fe fyddai Padrig wrth ei fodd."

"Pam eich bod chi yma?" gofynnodd Miss Cawdel. Plethodd ei haeliau gleision i gyfeiriad Betsan. "Arhosa un funud flasus ... dim ti roddodd lyffant yn fy mhotyn o ddanteithion lemon a licris?"

Unwaith eto, doedd dim modd i Betsan ddianc o'i gorffennol llawn castiau. Tynnodd ar un o adenydd Esyllt a throdd er mwyn gadael y siop.

"Mae Betsan yn ymddwyn yn llawer gwell nawr," meddai Esyllt, yn gwrthod mynd. "Ac mae hi wedi bod yn edrych am gyfle i brofi ei hun. Ry'n ni yma er mwyn mofyn 'chydig o losin i godi calon, gan ei bod hi wedi treulio'r diwrnod yn cael ei gwrthod gan y dref gyfan."

"Gobeithio gwneud 'chydig o ddaioni, wyt ti? Pa fath o beth oedd gen ti mewn golwg, Betsan?"

"*Unrhyw* beth," meddai Betsan. Roedd holl emosiwn y diwrnod wedi gwneud ei llais yn sigledig i gyd. "Dwi jest isio gwneud rhwbath da am unwaith, ond does neb yn fy nghoelio i."

"Wel, dwi ddim yn synnu, ar ôl i ti guddio llyffantod dros y lle. Fyswn i wedi colli fy siop tasa'r arolygydd iechyd 'di digwydd galw heibio," meddai Miss Cawdel. Gwnaeth ei gorau i edrych yn llym, ond toddodd i bwl o chwerthin yn fuan wedyn. "Rhaid i fi gyfadda, *roedd* y peth yn ddigri. Ddylsat ti 'di gweld y llyffant yn neidio dros y lle, ar ôl llowcio llond ei fol o siwgwr. Roedd o'n bownsio oddi ar y to, yn llythrennol."

Gwenodd Betsan yn wannaidd. Syllodd Miss Cawdel yn

ôl, yn ei mesur â'i llygaid fel petai'n gynhwysyn newydd ar gyfer ei losin.

"Os wyt ti wir isio helpu, ac yn fodlon rhoi'r gora i'r holl stwff llyffantaidd 'ma, ella y medra i fod o gymorth i ti. Mae pawb yn haeddu ail gyfle," meddai hithau, gan arwain y ddwy yn ôl i brif ardal y siop.

Anelodd yn syth at bentwr o fasgedi bwyd wedi'u lapio â llaw, o dan y cloc o losin ar y wal. Roedd y basgedi wedi'u gosod mewn trefn, gyda labeli arnyn nhw'n dweud:

Cartre'r Henoed,

Ysbyty'r Plant a

Cartre Plant.

"Prosiect newydd sy ar gychwyn gen i – dwi wrthi'n gwneud picnics bychain ar gyfer y rhai sydd wir eu hangen nhw," meddai Miss Cawdel. "Ond dwi'n siŵr nad oes gen ti ddiddordeb mewn peth felly, Betsan?"

Llenwodd wyneb Betsan â chyffro. Ar ôl diwrnod mor hir ac anodd, doedd hi ddim yn credu y byddai unrhyw un yn fodlon ymddiried ynddi.

"Ac ella, fel tâl am dy waith caled, ga i ddysgu i ti sut mae gwneud fferins?" meddai Miss Cawdel.

Gwenodd y losinydd wrth weld y cyffro ar wyneb Betsan. Gafaelodd yn ei hystol a'i llusgo at y silffoedd llyfrau uwchben y til. Dringodd i'r top ac estyn am lyfr o'r enw *Mecaneg Cwantwm ar gyfer Ffyliaid Llwyr*.

"Rŵan 'ta, mae'n rhaid gwbod pob math o betha er mwyn bod yn losinydd da. Darllena bennod o hwn heno, a ty'd 'nôl yma er mwyn gweithio nos fory," meddai Miss Cawdel. "Gei di ddosbarthu'r basgedi cynta. Ffwrdd â ti felly – nerth dy draed. A cymerwch fagiad o'r ffa melys ar eich ffordd allan."

Gadawodd Betsan y siop, gan ddod yn beryglus o agos at sgipio am y tro cyntaf erioed. Daliodd ei gafael ar y copi o *Mecaneg Cwantwm i Ffyliaid Llwyr* fel petai'n drysor gwerthfawr.

"Dyma ni!" meddai hithau. "Dyma fy nghyfle o'r diwedd!"

"Llongyfarchiadau!" meddai Esyllt. "Roeddwn i'n gwybod y byddwn ni'n dod o hyd i rywun digon caredig yn y diwedd."

"Mae'n fwy na hynny," meddai Betsan. "Pan fydd pawb arall yn fy ngweld i'n dod â'r basgedi 'na, fyddan nhw'n sylweddoli eu bod nhw'n anghywir, ac yn dechra ymddiried yndda i hefyd. Dwi am wneud yn siŵr o'r peth."

"Chwit-chwit-chwiw! Rydw i mor falch," meddai Esyllt, a dechreuodd ei llygad du newid yn ôl i fod yn las. "Ddylen ni ddathlu gyda mymryn o ... hei, hei – rhowch y gorau i hynny ar unwaith!"

Roedd Esyllt yn siarad â'i hadenydd, oedd wedi cychwyn fflapian heb iddi ofyn iddyn nhw wneud. Edrychodd tuag atyn nhw'n llawn braw a cheisio gafael yn y llawr â'i chrafangau, wrth iddi ddechrau codi.

"Esyllt? ESYLLT?" gwaeddodd Betsan, wrth i'r parot ddiflannu i ganol y cymylau.

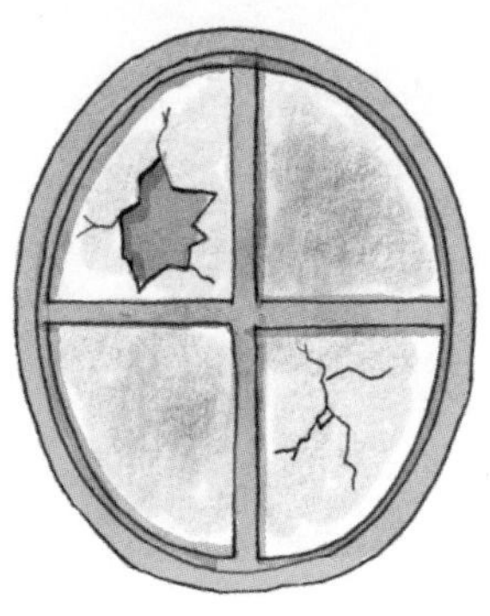

Y Ffenest Doredig

Caeodd Heddwyn y llyfr atgofion yn glep. Ar ôl ei agor eto, daeth darlun 'hapus' arall i gymryd lle'r bwystfil yn sgyrnygu. Ynddo, roedd Heddwyn a'r bwystfil yn yr atig yn diddanu arth gwrtais o Beriw. Cofiodd Heddwyn fod yr arth ac yntau wedi dadlau'n chwyrn ar bwnc esgidiau gaeaf, wrth i'r bwystfil sicrhau bod y parti'n dal i fynd wrth chwydu gemau di-ri.

Dechreuodd Heddwyn agor a chau'r llyfr eto ac eto, ond welodd o ddim y llun brawychus am yr eildro. Doedd dim i'w weld bellach ond yr adegau 'hapus' roedd o wedi'u rhannu â'r bwystfil, a dechreuodd ystyried a oedd y llun brawychus wedi bodoli o gwbwl.

Wrth i Heddwyn astudio'r darluniau'n fanylach, gwelodd fod yr holl atgofion yn anghyflawn. Er enghraifft, doedd y darluniau ddim yn dangos sut roedd y bwystfil wedi taflu peli tân yn Ffair y Rhew ar ôl cenfigennu wrth weld Heddwyn yn sgwrsio â phobl eraill. Doedden nhw chwaith ddim yn datgelu unrhyw beth ynghylch ffawd yr arth druan, ar ôl iddyn nhw orffen chwarae gyda set o gardiau brwydro.

Nid fel hyn roedd y llyfr atgofion yn gweithio fel arfer. Er ei fod yn gadael i Heddwyn weld y creadur yr oedd yn ei golli'n fwy na neb, roedd yr atgofion yn rhai drwg bob tro.

Wedi i Heddwyn ei ddefnyddio er mwyn hel atgofion am Peredur Pishyn (y Cyntaf), gwelodd yr holl droeon i'r teulu Pishyn ei fwlio. Ar ôl ei ddefnyddio i weld ei annwyl Barchedig Grwndi, mynnodd y llyfr ddangos ei gath annwyl yn crafu'r soffa'n rhacs, neu'n llusgo adar hanner marw i'r tŷ.

Ar y pryd, roedd fel petai'r bwystfil wedi chwydu'r llyfr er mwyn dangos i Heddwyn fod ei fywyd yn well heb unrhyw un arall ynddo. Ond bellach doedd o ddim yn siŵr, gyda'r llyfr yn portreadu'r bwystfil fel creadur dymunol, caredig, a golygus dros ben.

"Ble mae gweddill yr atgofion?" meddai Heddwyn. "Yr atgofion *go iawn*."

Yn ymateb, penderfynodd y llyfr ddangos atgof melys arall iddo, yn ymwneud â phengwin gyda choesau pren, jiráff yn dawnsio, a cherflun godidog o Owain Glyndŵr.

Taflodd Heddwyn y llyfr ar draws yr ystafell. Hedfanodd yn ôl yn syth a'i daro ar ei ben yn galed.

"AWW!" meddai Heddwyn.

Glaniodd y llyfr ar lawr. Gallai Heddwyn daeru ei fod wedi gweld darlun arall o'r bwystfil yn sgyrnygu, ond wrth edrych eto dim ond atgof bwystfilaidd 'hapus' arall oedd yno. Llamodd Heddwyn ar ôl y llyfr a bodio'r tudalennau'n frysiog.

Wrth iddo fodio, clywodd y drws ffrynt yn agor. Rhoddodd Heddwyn wich, a thaflu'r llyfr o dan gadair.

Twtiodd ei ddillad a chodi ar ei draed, gan geisio edrych mor drwsiadus â phosib. Rhedodd Betsan i'r ystafell, gyda *Mecaneg Cwantwm i Ffyliaid Llwyr* o dan ei chesail. Edrychodd o'i hamgylch cyn troi at Heddwyn.

"Esyllt?" meddai hithau.

"Heddwyn ydw i," atebodd yntau'n ddi-hid. Gobeithiodd yn arw nad oedd y llyfr atgofion i'w weld o dan y gadair. "Wyt ti erioed wedi gweld parot yn gwisgo sgarff mor grand â hon?"

"Paid â bod yn wirion," meddai Betsan. "'Dan ni angan dod o hyd iddi. Mae hi wedi hedfan i ffwrdd, ac alla i ddim ei ffeindio hi'n unman. Dwi 'di bod yn edrych am blincin' oes."

"Falle y dylet ti gymryd hynny fel arwydd ei bod hi eisiau bod ar ei phen ei hun," meddai Heddwyn.

Cerddodd Betsan yn ei blaen a chicio Heddwyn yn ei gluniau, drosodd a throsodd. Sŵn sgrechian a gwydr yn torri ddaeth â'r cicio i ben o'r diwedd. Rhedodd y ddau i'r lolfa i weld beth oedd yn digwydd, a darganfod Esyllt yn gorwedd â'i phen i lawr mewn pentwr o ddarnau gwydr o'r ffenest, a bag plastig bychan wrth ei hymyl.

"Esyllt!" gwaeddodd Betsan, yn rhedeg tuag ati.

Rowliodd Esyllt ar ei chefn. Roedd hi'n nofio rhwng cwsg ac effro, fel rhywun yn hanner breuddwydio.

"Betsan? Rydw i ... rydw i'n ... ble ydw i?" Eisteddodd y parot i fyny ac edrych o'i chwmpas. Wrth iddi siarad, roedd hi'n swnio fel petai'n ceisio cofio rhestr siopa rhywun arall. "Hedfan yma wnes i? Ie. Ydw, rwy'n cofio nawr ... gadael siop Miss Cawdel, ac yna hedfan o amgylch y dref. Mynd i weld oedd popeth yn ei le yn Theatr Twmpath ... ac yna i'r llyn, er mwyn gweld y brogaod. Ond pam bod angen gwneud peth felly?"

"Ti wedi taro dy ben yn galed," meddai Heddwyn. Mentrodd gip dros ei ysgwydd er mwyn gwneud yn siŵr nad oedd y llyfr atgofion wedi'i ddilyn. "Arhosa yno ac ymlacia, tan i ti lwyddo i feddwl yn glir."

"Ond rwy'n meddwl yn gliriach nag ydw i wedi'i wneud ers talwm," meddai Esyllt. Ysgydwodd ei phen, fel petai'n taflu haen o lwch oddi ar ei hymennydd. "Yr holl bethau soniais i amdanyn nhw – mae'n teimlo fel fy mod i'n busnesu ym mywyd rhywun arall. Prin alla i ddeall pam y penderfynais i fynd i'r un o'r llefydd 'na. Wir, dydw i erioed wedi ymddiddori mewn brogaod. Ydw i'n gwneud unrhyw synnwyr?"

"Dim llawer," meddai Heddwyn. "Y gnoc ar y pen, siŵr o fod."

"Fyddet ti'n teimlo'n well ar ôl brechdan?" gofynnodd Betsan.

"Dwi'n amau hynny'n fawr," meddai Heddwyn. Cywirodd ei hun ar ôl gweld yr olwg siomedig ar wyneb Betsan. "Oherwydd ei bod hi wedi cael amser caled, wrth gwrs. Fyddai Esyllt ddim yn meddwl am fwyd ar adeg fel hyn."

"Dyw hynny ddim yn wir, Heddwyn. Fyddwn i wrth fy modd gyda brechdan. Ga i fod mor hy â chynnig fy math arbennig fy hun?" gofynnodd Esyllt. Defnyddiodd ei chrafangau i agor y bag plastig bychan wrth ei hymyl, yn llawn mwydod yn gwingo. "Rwy'n cofio nawr. Ar ôl mynd i'r llyn, gefais i'r rhain yn anrheg gan y ceidwad adar fel tâl am docyn i'r cyngerdd ar nos Wener."

"Ti isio brechdan fwydod?" gofynnodd Betsan. Doedd hi erioed wedi gwneud brechdan yn llawn rhywbeth byw o'r blaen, a ddim mewn brys i gychwyn.

"Mae'n gais od, rwy'n gwybod. Ond rwy'n awchu amdano gymaint, rydw i wedi synnu fi fy hun," meddai Esyllt. "Os yw e'n dy wneud yn anghyfforddus, does dim rhaid i ti ..."

Doedd Betsan ddim eisiau bod yn anghwrtais, gydag Esyllt mewn cyflwr mor druenus, felly aeth ati i wneud y frechdan. Roedd hyn yn anoddach na'r disgwyl, a hithau ddim wedi arfer reslo â llenwad oedd yn wiglo'n rhydd o'i gafael.

Rhoddodd y frechdan fwydod i Esyllt, a pharatoi ambell frechdan myffins a phicls i Heddwyn a hithau – gan ofalu peidio drysu rhwng y platiau. Llyncodd Esyllt ei brechdan mewn un brathiad mawr.

"Blasu'n iawn?" gofynnodd Betsan.

"Bwytadwy dros ben. Rydw i wrth fy *modd* gyda chig amrwd ar hyn o bryd. Pwy fyddai'n meddwl?" meddai Esyllt, gan sychu ei phig gydag adain. Roedd hi'n ymddangos yn llawer hapusach bellach. "Ac mae hyn wedi fy atgoffa o rywbeth pwysig. Wrth hedfan o amgylch y lle, ddechreuais i bendroni pam bod neb yn ymddiried ynot ti, ac mae gen i syniad sut i newid hynny. Bydd angen digon o frechdanau ..."

Symudodd Betsan yn agosach er mwyn gwrando'n astud.

"Mae'n rhaid i ni greu delwedd newydd i ti. Yn hytrach na Betsan y Castiwr, mae angen i bobl y dref feddwl amdanat ti fel Betsan Garedig a Chymwynasgar," meddai Esyllt. "A pa ffordd well o wneud hynny na thrwy gynnal parti ymddiheuro?"

"Beth yw parti ymddiheuro, yn enw popeth?" gofynnodd Heddwyn. Yn ei 512 o flynyddoedd ar y ddaear, doedd o erioed wedi clywed am unrhyw beth tebyg.

"Mae'n union sut mae'n swnio – rwy'n credu. Rhaid gwahodd pawb rwyt ti wedi'u brifo neu chwarae castiau arnyn nhw erioed, a rhoi mynyddoedd o fwyd iddyn nhw gan ymddiheuro'n daer a dangos faint rwyt ti wedi newid," meddai Esyllt.

"Wrth fy MODD â'r syniad!" meddai Betsan.

"Ydi, mae'n syniad da dros ben," meddai Esyllt. Edrychodd rhwng Betsan a Heddwyn yn llawn braw, fel petai gwychder y syniad yn ei dychryn. "Ond dyna od. Alla i ddim cofio meddwl amdano. A dweud y gwir, dydw i ddim yn cofio clywed am barti ymddiheuro cyn heddiw. Yr un oedd hanes *Sioe Fawr Padrig* – does gen i ddim syniad o ble mae'r holl syniadau 'ma'n dod."

"Mae syniadau da'n aml yn synnu rhywun," meddai Heddwyn. "Mae fy nghyfuniadau gorau o grysau a sgarffiau wedi dod o nunlle."

"Be am gynnal y parti fory? Gychwynna i ar sgwennu'r gwahoddiadau," meddai Betsan.

Anelodd hithau am yr ystafelloedd ysgrifennu ar y seithfed llawr a dod â phopeth roedd ei hangen yn ôl i lawr y grisiau. Yn y diwedd, penderfynodd ar gerdyn glas disglair fel y dewis addas ar gyfer parti ymddiheuro.

"Lle mae'r mwstashys ffug, y rhai oedd yn gymaint

o hwyl y tro diwetha i ni gael diwrnod cicio'r fwced?" gofynnodd i Heddwyn. "Dwi isio rhoi dipyn o gymeriad i'r gwahoddiadau."

"Yn fy ystafell," atebodd Heddwyn, oedd wedi bod yn eu defnyddio er mwyn gwneud pâr o drowsus yn fwy diddorol. "Edrycha i amdanyn nhw nawr."

Aeth Heddwyn i'w ystafell, ond rhewodd yn yr unfan cyn iddo gael cyfle i hela mwstashys. Roedd y llyfr atgofion yn gorwedd ar ei wely, ac yn disgleirio'n fuddugoliaethus.

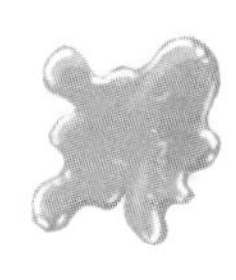

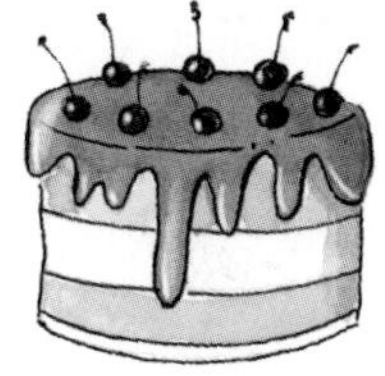

Y Sosej Rhedegog

Chafodd Heddwyn ddim llawer o gwsg y noson honno, gyda'r llyfr atgofion yn torri ar ei draws drwy'r amser. Dim ots ble roedd Heddwyn yn ei guddio – o dan y beddrodau yn yr ystafelloedd Eifftaidd, neu wedi'i gloi yn y pantri te ecsotig – llwyddodd ddod yn ôl i'r ystafell wely bob tro.

Doedd y llyfr ddim yn gwneud unrhyw beth i frifo Heddwyn, ond wnaeth o ddim i dawelu ei feddwl chwaith. Mynnodd ei atgoffa am y bwystfil – yn dangos uchafbwyntiau penodol iawn o'u hamser gyda'i gilydd, ac arddangos yr holl anrhegion gafodd eu chwydu dros y canrifoedd. Y mwyaf roedd y llyfr yn ceisio ailysgrifennu'r gorffennol, y mwyaf roedd Heddwyn yn ail-fyw holl erchyllterau ei fywyd gyda'r bwystfil.

Yn y pen draw, daeth hyn yn ormod i Heddwyn. Crwydrodd i lawr y grisiau, a darganfod nad fo oedd yr unig un oedd yn effro mor gynnar yn y bore.

Roedd Betsan wrthi'n ddiflino yn paratoi ar gyfer y parti ymddiheuro, ac eisoes wedi dechrau gwneud y brechdanau. Ymddangosai i Heddwyn fel petai pob cynhwysyn yn y tŷ wedi'i dynnu o'r cypyrddau; potiau o bicl maip yn llechu'n fygythiol wrth ymyl afocados goraeddfed, a'r cyfan yn eistedd o amgylch sosban oedd yn ffrwtian yn brysur, yn llawn cymysgedd yn arogli'n afiach, ac yn cynnwys jam eirin, meionês, saws coch, triog, saws brown, a mêl. Crynodd Heddwyn yn ei esgidiau wrth feddwl pa frechdanau erchyll fyddai'n cael eu creu erbyn diwedd y diwrnod.

"Sut mae'n mynd?" gofynnodd yntau.

"Bril, diolch. Dwi'n gwneud un deg pedwar math gwahanol o frechdan, mae'r holl boteli pop yn yr oergell, ac mae gen i bopeth sydd ei angen ar gyfer gosod y bwrdd," meddai Betsan. "Mae pawb am adael i ni wneud gymaint o ddaioni erbyn diwedd y parti 'ma! Fydd o'n gwbwl blincin' hurt."

"Ni?" gofynnodd Heddwyn, gan riddfan ymhell oddi fewn iddo.

"Ia, ni," meddai Betsan. "A ti ddim yn cael osgoi gwneud hyn. Dwi'n gwbod yn iawn nad oeddet ti yng nghartre'r henoed ddoe – doedd dy gar ddim wedi symud."

"Fe ddaeth cartre'r henoed ata i, a dweud y gwir," meddai Heddwyn, yn eithriadol o falch ohono'i hun. Roedd yn llai balch o lawer wrth weld Betsan yn gwgu ato'n llawn dryswch. "Daeth hen ddyn yma, dyna dwi'n ei feddwl. Mr Pynshi oedd ei enw – hen fachan eiddil, ond ffyrnig. Penderfynais ei wahodd i'r tŷ, rhoi tebot iddo fe, gadael iddo fe weld mymryn o fai ar y lle – y math yna o beth."

Rhoddodd Betsan y gorau i droi ei sosban fygythiol o fwyd. Edrychodd i fyny gyda golwg ryfedd ar ei gwyneb.

"Wnest ti ddaioni go iawn? Wnest ti wrando arna i?" gofynnodd hithau.

Sylweddolodd Heddwyn mai golwg o falchder oedd ar ei hwyneb. Bellach, doedd o ddim yn siŵr beth i'w wneud, gan fod neb wedi bod yn falch ohono o'r blaen.

"Wel ... ym. Ti'n gwybod," meddai yntau, gan symud ei draed yn anghyfforddus. "Meddwl y byddwn i'n rhoi cynnig arni."

Aeth Betsan ymlaen i droi cynnwys y sosban. Daeth ei gwgu arferol yn ôl i gymryd lle'r olwg falch.

"Dechra da, ond rŵan ti angen mynd â phetha at y lefel

nesa. Ti angen mynd i gartre'r henoed heddiw – dos i gadw cwmni i fwy o hen bobl," meddai hithau.

Gwnaeth Heddwyn wyneb sur. Roedd wedi gobeithio y byddai rhoi tebot i hen ddyn yn ddigon o ddaioni ar gyfer un flwyddyn.

"Aros funud, ai fo sy bia hwn?" gofynnodd Betsan. Twriodd yn ei phocedi a chodi teclyn clywed wedi'i orchuddio â chwyr. "Roedd o ar y grisia."

"Ie, dyna declyn Mr Pynshi, yn siŵr i ti," meddai Heddwyn, gan ei gipio oddi arni.

"Ga i'r cwyr gen ti? Mae o'n ogleuo 'mbach fel caws, ac ro'n i'n meddwl ei ddefnyddio yn fy rysait mosarela a marsipan," meddai Betsan. Rhwbiodd y cwyr oddi ar y teclyn a'i daenu ar ambell sleis o fara, cyn i Heddwyn fedru ei rhwystro hi. "Fydd pawb wrth eu boddau efo'r blas yma. Dwi'n ysu am gael gweld eu hwyneba nhw!"

"Dwi'n dychmygu y bydd eu hwynebau'n gwneud pob math o siapiau diddorol," meddai Heddwyn. "Pwy sy'n dod i fwynhau'r brechdanau arbennig 'ma, gyda llaw?"

"Wps. Pwynt teg," meddai Betsan.

Er ei bod hi wedi treulio'r noson gyfan yn paratoi'r gwahoddiadau, doedd Betsan ddim wedi'u gyrru eto – ac wedi gobeithio y byddai'r parti'n cychwyn yn gynnar y prynhawn hwnnw, fel bod ganddi ddigon o egni ar gyfer ei shifft gyntaf yn siop Miss Cawdel.

"Alla i ddosbarthu'r gwahoddiadau o amgylch y dref," meddai Esyllt. "Rwy'n mynd allan yn fuan beth bynnag er mwyn codi posteri ar gyfer fy sioe."

Doedd Betsan na Heddwyn wedi clywed Esyllt yn dod i'r tŷ. Edrychai'n deneuach, a'i llygad chwith wedi troi'n ddu eto. Er hyn i gyd, roedd hi'n llawn hyder. Gwenodd yn fodlon, a hedfan i mewn i'r ystafell fel petai hi'n berchen ar y lle.

Cariai bag yn ei chrafangau oedd yn llawn dwsinau a dwsinau o bosteri piws wedi'u rowlio'n diwbiau. Cymerodd un allan er mwyn ei arddangos yn falch.

"Neithiwr, fe benderfynais i fod angen i'r sioe fod yn un fawr wedi'r cyfan. Pam ddim gadael i'r byd wybod am fy nhalent?" meddai hithau.

Roedd y poster yn dangos llun ffafriol iawn o Esyllt ar lwyfan, yn canu i dorf oedd yn ei haddoli. Mewn llythrennau breision, roedd y poster yn gaddo

y byddai *Sioe Fawr Padrig* yn 'LLAWN SYRPRÉIS', yn 'GYFAREDDOL' ac yn 'WLEDD O THEATR', ond hefyd bod unrhyw un heb docyn yn 'FFŴL LLWYR OEDD DDIM YN HAEDDU BYW'.

"Be chi'n feddwl, fy nhwmplenni?" gofynnodd hithau.

"Braidd yn ymosodol," meddai Betsan.

"Cytuno. Ychydig yn ddiflewyn-ar-dafod," meddai Heddwyn.

"Chi'ch ddau ddim yn artistiaid, yn amlwg," meddai Esyllt, yn ochneidio'n bigog. "Nawr 'te, blantos lwcus, pwy sydd eisiau brecwast mawreddog?"

Doedd Esyllt ddim wedi arfer galw ei brecwast yn 'fawreddog' o'r blaen, gan ei bod hi'n barot digon diymhongar, ond roedd y posteri wedi drysu Betsan a Heddwyn cymaint fel na wnaethon nhw drafferthu dadlau. Archebodd Betsan sleis o gacen siocled, a dewisodd  Heddwyn gael brecwast llawn wedi'i ffrio. Yn anffodus, doedd y pryd ddim hanner mor dda â'r disgwyl.

"Ydi'r gacen siocled i fod yn galed?" gofynnodd Betsan.

"Pam bod fy sosejus yn rhedegog?" gofynnodd Heddwyn.

"Falle y dylech chi wneud eich brecwast eich hun tro nesa!" bytheiriodd Esyllt.

Gwyddai Betsan a Heddwyn yn iawn eu bod wedi dangos dipyn o anghwrteisi, felly mwmiodd y ddau eiriau o ymddiheuriad a dychwelyd at eu bwyd ffiaidd. Cyn hir, gwthiodd y ddau eu platiau i ffwrdd, wrth i'w stumogau riddfan yn boenus ac yn llwglyd.

"Fyddai digon o bobl wrth eu boddau gyda fy mrecwast hyfryd," meddai Esyllt. Ysgydwodd ei phen, fel petai'n gwingo'n nerfus, a diflannodd y tôn pigog yn ei llais mor gyflym ag yr ymddangosodd yn y lle cynta. "Ymddiheuriadau. Braidd yn flinedig ydw i. Nawr 'te, mae'n hen bryd dechrau ar y posteri a'r gwahoddiadau. Ble maen nhw'n mynd?"

"Y rhai yma i'r cartre plant, hwn i'r ceidwad adar, yr un yma i Mr a Mrs Twmpath, a'r rhain i'r sw," meddai Betsan. "Ffansi dipyn o help?"

"Na!" meddai Esyllt. Cododd adain at ei phig, fel petai tôn ei llais wedi'i synnu hi, hyd yn oed. "Na, *dim diolch*, roeddwn i'n feddwl. Fydda i'n berffaith iawn ar ben fy hun, rwy'n siŵr. Mae'n llawer pwysicach i ti a Heddwyn fwrw 'mlaen gyda'r paratoadau ar gyfer y parti."

"Dwi'n anelu am gartre'r henoed," meddai Heddwyn, cyn

ychwanegu, gyda mymryn o edifeirwch, "Gwneud daioni ac ati."

Daeth edrychiad rhyfedd a blin dros wyneb Esyllt wrth iddi wrando, a dechreuodd ei llygad du fflachio. Casglodd y gwahoddiadau gyda'i gilydd a hedfan allan o'r drws.

"Beth sydd wedi dod dros Esyllt, ti'n meddwl?" gofynnodd Heddwyn, unwaith iddi adael.

"'Di blino ac yn fyr ei thymer, mae'n siŵr, fel soniodd hi," meddai Betsan. "Rŵan 'ta, yn bwysicach na hynny, be ti'n meddwl ddylswn i ei wneud am y cynllun eistedd? Dwi isio Iestyn wrth fy ymyl i, ond ella ddylswn i wneud ymdrech efo rywun arall? Rhywun sydd *ddim* wedi derbyn ymddiheuriad eto?"

Doedd Heddwyn erioed wedi gwneud digon o ffrindiau i gynnal parti, heb sôn am barti oedd angen cynllun eistedd. Y cyfan y llwyddodd i'w wneud oedd mwmial casgliad o synau aneglur o dan ei anadl fel ateb.

"Rhaid i ti frysio efo'r atebion 'na, Mistar Snichyn," meddai Betsan.

"Eistedda wrth ymyl rhywun arall," awgrymodd Heddwyn. "Yr un rwyt ti wedi'i frifo'n fwy na neb, yn ddelfrydol. Dydw i ddim yn deall pam bod Iestyn yn dod o gwbwl, os y'ch chi'n ffrindiau eto."

Gwgodd Betsan. Anwybyddodd y cyngor yma'n llwyr, a gosod Iestyn wrth ei hymyl.

"Unrhyw beth arall alla i wneud cyn mynd?" gofynnodd Heddwyn.

"Na. Jest dos i grafu a gadael y gweddill i fi," meddai Betsan. "Dwi 'di gweld sut ti'n taenu menyn ar fara. Ti'n lot rhy garedig efo'r crystia."

Cipiodd Heddwyn ei gôt fwyaf blewog, a gadael drwy'r drws ffrynt. Wrth iddo fynd tua'r car, gwelodd Elystan Wystrys yn nesáu at y tŷ pymtheg llawr, gan gerdded mewn ffordd anarferol dros ben.

Roedd y bachgen ifanc, ffroenog yn gwisgo'r crys â'r botymau aur, ac yn cerdded yn od iawn – ei freichiau'n syth o'i flaen, a'i draed yn llusgo ar hyd y llawr, fel petai'n cael ei dynnu tuag at dŷ Heddwyn gan gortyn anweledig.

"Help, Mr Ploryn! Tynnwch y peth 'ma oddi arna i, rwy'n erfyn arnoch chi!" gwaeddodd Elystan.

Roedd Heddwyn ar fin rhoi gwybod i Elystan nad oedd o'n hoff o ryw chwarae plentynnaidd yn tarfu ar ei fore, ond yna gwelodd mai'r crys â'r botymau aur oedd yn llusgo Elystan tuag ato.

"Does gen i ddim syniad sut wyt ti'n gwneud hynny, ond rho'r gorau iddi. Dyw e ddim yn ddigri," meddai Heddwyn.

"Nid fi sy'n gwneud, Mr Ploryn!" llefodd Elystan, oedd bellach yn cael ei lusgo ar draws lawnt Heddwyn. "Y crys! Y crys!"

Gwnaeth Heddwyn ei orau i fynd tuag at y car, ond daliodd y crys i ddefnyddio Elystan er mwyn ei rwystro. Pa bynnag gyfeiriad yr aeth Heddwyn, cafodd Elystan ei lusgo ato'n syth.

"Drycha, falle wir dy fod ti'n hoffi fy nghwmni – ond gad i mi fynd i'r car, yn enw popeth. Rwy'n rhoi cynnig ar wneud daioni," meddai Heddwyn.

"Dydw i ddim yn meddwl bod y crys eisiau i chi wneud unrhyw beth o'r fath. Fe alla i sicrhau i chi, Mr Ploryn, fy mod i'n casáu hyn cymaint â chi," meddai Elystan, gyda symudiadau ei ffroenau'n awgrymu ei fod yn dweud y gwir. "Mae eich crys wedi bod yn niwsans llwyr. Alla i ddim ei wisgo heb iddo ymdrechu i 'nghrogi wrth dynhau'r goler llawer gormod, neu fy nghuro'n ddidrugaredd â'r llewys. Dydw i ddim eisiau ei wisgo byth eto!"

"A dydw *i* ddim eisiau i ti ei wisgo eto, os mai fel hyn wyt ti am ei drin," meddai Heddwyn. "Ymddygiad gwirion iawn."

Yna, fel petai wedi clywed y sgwrs, agorodd y crys ei fotymau ei hun, gan lithro oddi ar Elystan a hedfan i freichiau

Heddwyn. Dechreuodd y llewys wingo a phawennu yn erbyn croen Heddwyn, fel cath anghenus.

"Dyna ni!" meddai Elystan, yn herfeiddiol. "Mae'r crys eisiau bod gyda chi. Ro'n i'n gwybod bod 'na dric cas yma'n rhywle. Tric ar y cyd gan Betsan a chithau, mae'n siŵr gen i!"

Edrychodd Heddwyn i lawr a phendroni sut roedd hi'n bosib i grys fod mor anodd i'w blesio.

"Ac felly, Mr Ploryn – sut ydych chi'n esbonio hyn i gyd?" gofynnodd Elystan.

"Ym ... wel, does gen i ddim math o syniad," meddai Heddwyn.

Y Dad-Gymysgu

Llwyddodd Heddwyn i dawelu tymer Elystan wrth dalu am grys crand newydd iddo – un na fyddai'n ymddwyn mor gyfrwys na mileinig. Doedd ei ymdrechion i ymdawelu'i hun, serch hynny, ddim hanner mor llwyddiannus.

Gafaelodd Heddwyn yn dynn yn y crys, a gafaelodd y crys yn dynn yn Heddwyn – fel petai wrth ei fodd yng nghwmni ei gyn-berchennog unwaith eto. Baglodd Heddwyn yn ôl i'r tŷ pymtheg llawr a darganfod Betsan yn y lolfa grand, yn brysur yn plygu napcynau i siapiau gwylanod fflat.

"Betsan, dwi –" cychwynnodd Heddwyn.

"Ro'n i'n siŵr dy fod ti 'di mynd i grafu," meddai Betsan. "Dwi'n rhy brysur i sgwrsio."

"Wrth gwrs. Ond mae hyn yn bwysig."

"Pwysicach na chael pawb yn y dre i ymddiried yndda i?"

"Falle wir. Rho un funud i mi."

Rhoddodd Betsan y gorau i wylanu, ac edrych arno. Tapiodd ei throed yn erbyn y llawr yn ddiamynedd er mwyn gwneud yn glir ei bod yn disgwyl i Heddwyn ddweud rhywbeth da iawn, a hynny'n sydyn.

"Wel, ti'n gweld … ma fe i'w wneud â'r crys 'ma …" cychwynnodd Heddwyn. Chafodd o ddim amser i orffen ei frawddeg cyn i Betsan godi fforc a'i thaflu tuag ato.

"Crys?! Ti'n torri ar draws y paratoadau ar gyfer y parti pwysica erioed i ofyn fy marn am dy wisg di?" gwaeddodd hithau, gan daflu fforc arall yn ei thymer. "Dos o 'ma, y snichyn hunanol!"

"Mae mwy i'r peth na'r crys," meddai Heddwyn, wrth i fforc arall hwylio uwch ei ben. "Mae hyn i'w wneud â'r holl bethau ddaeth yn ôl o'r arwerthiant, a dwi wedi dod o hyd i lyfr, a –"

"Does gen i DDIM amsar!" meddai Betsan. "Gawn ni sgwrsio am holl ryfeddodau'r byd ar ôl y parti. Os nad wyt ti'n gadael y funud 'ma, fydd rhaid i fi ddechra taflu'r cyllyll."

Gwichiodd Heddwyn, gan ollwng y crys â botymau aur, a gwibio allan o'r tŷ. Neidiodd i'w gar a dechrau gyrru i gartre'r henoed, heb syniad beth arall i'w wneud.

Wrth yrru, gwelodd fod Esyllt wedi glynu posteri o amgylch y dref ym mhobman. Doedd dim cornel, arhosfan bws, blwch post, na thŷ bach cyhoeddus heb ddarlun o Esyllt yn gwenu wedi'i blastro arno.

Cafodd sylw Heddwyn ei dynnu gymaint fel y bu bron iddo golli rheolaeth o'i gar a tharo'r hen ddynes garedig unwaith eto. Wnaeth hithau ddim math o ffwdan am y peth, ond ysgydwodd dyn wrth ei hymyl ei ddyrnau'n gandryll.

"Agora dy lygaid, y bwbach!" meddai yntau.

Wrth i Heddwyn yrru yn ei flaen, pendronodd a ddylai ddilyn cyngor y dyn – ac nid am ei yrru'n unig. Os nad oedd Betsan yn mynd i siarad ag o tan ar ôl y parti, yna efallai fod angen iddo feddwl yn iawn am bopeth rhyfedd oedd wedi digwydd yn ddiweddar.

Y crys, y llyfr, yr holl bethau o'r arwerthiant gafodd eu dychwelyd – roedd y cyfan wedi'i chwydu gan y bwystfil, a'r cyfan yn ymddwyn yn od. Ymddangosai hyn yn bwysig i Heddwyn, a meddyliodd efallai fod yr holl bethau'n cambihafio oherwydd marwolaeth eu creawdwr.

Roedd yn ddamcaniaeth ddigon teidi, ond ddim yn esbonio sut bod yr holl bethau'n dal i fedru symud o amgylch y lle. Hefyd, doedd o ddim yn cynnig unrhyw esboniad o gwbwl o ran y crys yn ceisio ei rwystro rhag gwneud daioni.

Canodd Heddwyn ei gorn, wedi ffyrnigo gan ei ddryswch ei hun. Mentrodd gip drwy'r ffenest a gweld ei fod y tu allan i gartre'r henoed yn barod, a sŵn ei gorn wedi denu Sharon y nyrs allan o'r adeilad.

"Diolch byth. Mae Mr Pynshi wedi bod yn gofyn amdanoch chi drwy'r dydd," meddai Sharon. "Fo ydi un o'r preswylwyr anoddaf erioed."

Esboniodd Sharon nad oedd yr hen ddyn yn ymdopi'n dda â'i fywyd araf yng nghartre'r henoed. Roedd o wedi dianc o'r lle eto ac eto, gan ddal i fwmian yn ei ystafell am sut y dylai Aerona fod wedi'i roi mewn gwesty.

"'Dan ni wedi trio rhoi cloeon trwm ar ei ddrws a selio ei ffenestri ynghau, ond mae'n dal i ddianc," meddai Sharon. "Allwch chi gael gair efo fo a thawelu meddwl yr hen foi?"

Roedd Heddwyn yn teimlo bod ganddo hen ddigon o broblemau ei hun, ond addawodd y byddai'n rhoi cynnig arni.

Cafodd ei arwain gan Sharon at ddrws yr hen ddyn. Cnociodd hithau ddwywaith cyn agor y drws. Daeth y ddau o hyd i Mr Pynshi'n eistedd ar ei wely – yn chwarae gyda'r un teclyn clywed oedd ganddo. Tosturiodd Heddwyn drosto'n arw.

"Falle eich bod chi angen hwn," meddai Heddwyn, gan dynnu'r teclyn clywed arall o'i boced. "Mae ffrind i mi wedi cael gwared ar y cwyr i chi."

Cipiodd yr hen ddyn y teclyn clywed, a chraffu arno'n bwdlyd.

"Dyweda wrth dy ffrind i gadw eu bysedd budr oddi ar fy mhethau i'r tro nesa," meddai.

Gallai Heddwyn weld bod yr hen ddyn mewn tymer ddrwg, a meddyliodd efallai y dylai adael llonydd iddo. Cychwynnodd at y drws, ond cafodd ei alw'n ôl.

"Aros! Paid ti â gadael, Llipryn," meddai yntau. "Wnei di aros yma am dipyn bach? Ti yw'r unig un i mi gyfarfod yn yr holl le melltigedig 'ma sydd ddim yn fy nhrin fel twpsyn."

Crychodd yr hen ddyn ei dalcen rhychog i gyfeiriad Sharon, a derbyniodd hithau y dylai hi adael. Eisteddodd Heddwyn wrth y bwrdd bach yn yr ystafell, wrth i'r hen ddyn ddefnyddio ei ffyn cerdded er mwyn hercian tuag ato.

"Mae'n ddrwg gen i am golli 'nhymer, Llipryn. Mae hyn yn llawer anoddach na'r disgwyl," meddai'r hen ddyn. "Soniodd Aerona y byddai'n hawdd i mi – ond dyw e ddim o gwbwl."

"Fe alla i ddychmygu," meddai Heddwyn, heb lawer o gydymdeimlad. Roedd yn pendroni pryd y byddai'n medru gadael heb ymddangos yn anghwrtais. "Tro gwael iawn, mae'n siŵr."

"Does gen ti ddim syniad," meddai'r hen ddyn, gan chwifio ei ffon uwch ei ben. "Ond mae'n dda dy weld di, Llipryn. Beth am gêm o Gawl Geiriau?"

Ystumiodd yr hen ddyn tuag at gêm eithriadol o hen oedd ar y bwrdd. Roedd y bocs cardfwrdd yn disgyn yn ddarnau, a'r ysgrifen wedi pylu cymaint fel na allai Heddwyn wneud pen na chynffon o'r llun arno.

"Rhywdro arall, falle," meddai Heddwyn, gan godi er mwyn gadael. "Dwi yma er mwyn rhoi'r teclyn clywed i chi, a dyna'r oll."

Edrychodd yr hen ddyn at y llawr yn siomedig.

"Peidiwch â bod felly. Mae gen i ddigonedd ar fy meddwl, chi'n gweld," meddai Heddwyn.

"O, wela i. Mae pawb yn rhy brysur i dreulio amser gyda Mr Pynshi."

Ochneidiodd Heddwyn ac eistedd yn ôl i lawr.

"Un gêm," meddai. "Yna mae'n rhaid i mi fynd."

Crychodd yr hen ddyn ei wefusau sych yn wên, a thynnu bag o deils o'r bocs gyda llythrennau arnyn nhw. Roedd y rheolau'n syml; ar eich tro chi, roedd rhaid gafael yn y teils oedd yn sillafu'r gair cyntaf fyddai'n dod i'ch meddwl, eu cymysgu a'u cawlio nhw, a'u rhoi ar y bwrdd. Yna, roedd rhaid i'r chwaraewr arall ddyfalu'r gair gwreiddiol – os oedden nhw'n llwyddo o fewn munud roedden nhw'n cael cadw'r llythrennau; fel arall, byddai'r llythrennau (a'r pwyntiau) yn mynd i'r cawliwr.

Doedd Heddwyn erioed wedi chwarae'r gêm o'r blaen, ond cymerodd ati'n syth. Y geiriau cyntaf ddaeth i'w ben oedd 'ATGOFION' (gafodd ei aildrefnu i sillafu 'O, GOFAINT'), 'CRYS' ('RYCS'), 'ELYSTAN' ('LETYSAN'), a

'BWYSTFIL' ('BILS Y TWF'). Roedd hefyd yn llwyddiannus yn dadgymysgu ymdrechion yr hen ddyn: 'PLWPSEN OCH' ('LOSIN PESWCH', yn amlwg), 'NAA, OER' ('AERONA'), 'SIANTI' ('TISIAN') a 'SH, ACEN!' ('HANCES').

"Gêm arall?" meddai'r hen ddyn.

"Gwell peidio," atebodd Heddwyn, gan gymryd cip ar y cloc. Ond yna newidiodd ei feddwl, gan fod Betsan eisiau iddo gadw draw o holl drefniadau'r parti. "Iawn. Ond dyma'r un olaf, heb os nac oni bai."

Nid dyna oedd yr un olaf, oherwydd mai Heddwyn gollodd y rownd yna – ac roedd yn benderfynol o beidio gadael heb fod wedi ennill gêm. Yr hen ddyn oedd enillydd y gêm nesaf hefyd, ond yna daeth Heddwyn â phethau'n gyfartal gyda buddugoliaeth dynn yn y bedwaredd rownd. Fe fyddai'n wirion peidio aros er mwyn penderfynu ar enillydd terfynol, un ffordd neu'r llall.

"Sut mae'r coblyn a'r tebot, gyda llaw?" gofynnodd yr hen ddyn, wrth osod y bwrdd ar gyfer gêm derfynol. Syllodd Heddwyn yn ôl yn ddryslyd. "Soniaist ti ddoe mai coblyn a thebot oedd yn rhannu'r tŷ gyda ti."

"O, wela i. Nid coblyn a thebot; *plentyn* a *pharot*," meddai Heddwyn. "Mae'r ddau'n iawn. Y plentyn yn paratoi ar gyfer parti a'r parot ar fin cynnal cyngerdd."

"Cyngerdd? Oes tocynnau ar ôl? Mae'n rhaid ei fod e'n fwy o hwyl na bod fan hyn."

"Oes wir. Mae'r parot wedi penderfynu bellach ei bod hi eisiau cymaint o gynulleidfa â phosib. Y gorau po fwyaf. A dyna beth eithriadol o od ei bod hi wedi newid ei meddwl yn llwyr am yr holl ..."

Cafodd tafod Heddwyn ei harafu gan y meddyliau oedd yn chwyrlïo yn ei ben. Pendronodd ynghylch ymddygiad od Esyllt unwaith eto. Y llewygu, y colli pwysau, y llygaid du, y dymer ddrwg, yr awydd sydyn i gynnal y cyngerdd mwyaf a welodd y dref erioed ... a'r cyfan yn digwydd yr un adeg yn union â holl bethau'r bwystfil yn dechrau chwarae castiau.

Am y tro cyntaf, cysylltodd Heddwyn y ddau beth gyda'i gilydd, a dechreuodd syniad erchyll a hurt dyfu yn ei ben. Os oedd meddwl Esyllt wedi newid, yna beth – neu pwy – oedd yn gyfrifol?

"Ddrwg gen i, Pynshi, rhaid mynd ar frys," meddai yntau.

"Na! Dyw'r gêm ddim ar ben!" meddai'r hen ddyn, yn erfyn ar Heddwyn i aros.

Ambell ganrif yn ôl, fe fyddai Heddwyn wedi talu unrhyw bris am gael ffrind oedd mor fodlon chwarae gemau â fo, ond y peth pwysicaf iddo bellach oedd gadael yr adeilad a gyrru adref mor gyflym â phosib. Roedd yn bedwar o'r gloch wedi iddo gyrraedd. Anelodd am y lolfa grand yn syth er mwyn gweld sut siâp oedd ar y parti ymddiheuro. Gwelodd nad oedd siâp arno o gwbwl.

Roedd Betsan yn eistedd ymysg mynydd o frechdanau ac afon o ddiodydd pop. Roedd ei hwyneb yn ei dwylo a dagrau'n llifo o'i llygaid.

"Dydw i ddim wedi cael pnawn bril," meddai hi.

Yr Ôl-barti Ymddiheuro

"Does neb wedi dod a neb wedi ffonio er mwyn rhoi gwbod eu bod nhw ddim yn dod. Dwi 'di paratoi'r holl fwyd 'ma am ddim rheswm, ac yn teimlo fel blincin' ffŵl. Dydi hyd yn oed Iestyn ddim wedi ..." meddai Betsan, wrth iddi rwbio'r dagrau o'i llygaid yn flin.

Edrychodd Heddwyn o'i gwmpas ar y brechdanau'n prysur galedu, y jygiau o bop blas oren yn colli eu fflach, a'r napcynau siâp gwylanod a fyddai'n gorfod cael eu dadblygu a'u dychwelyd. Diflannodd ei holl boendod ynghylch Esyllt, yn methu credu y byddai unrhyw un yn medru siomi Betsan, heb sôn am y dref gyfan yn gwneud hyn.

"Soniodd Esyllt fod pawb wedi cael gwahoddiad.

Mae hi 'di mynd i weld be sy 'di blincin' digwydd," meddai Betsan. "Mae hi'n meddwl bod –"

Canodd y ffôn, a llamodd Betsan tuag ato – gan ateb cyn i'r caniad cyntaf ddod i ben.

"Esyllt? O. S'mai. Chdi sy 'na. Ro'n i'n disgwyl rywun arall ..."

Miss Cawdel oedd ar y ffôn. Sychodd Betsan ei llygaid â'i llewys a gwneud ei gorau i roi tinc sionc yn ei llais, er ei bod hi'n teimlo mor wael â phostyn lamp gyda haid o gŵn o'i amgylch.

"Pryd dach chi isio fi yna ar gyfer fy shifft? Mae gen i DDIGON o gwestiynau am y llyfr, achos dwi ddim 'di dallt gair. Ti be? Nid fi oedd hwnna! Do'n i ddim yn trio achosi trwbwl efo'r arolygydd iechyd, dwi'n gaddo! Na, wir yr, dwi ddim 'di gadael y tŷ heddiw ... Does gen i ddim syniad sut i gael gafael ar gymaint â hynny o lyffantod ... Helô? HELÔ?!"

Edrychodd Betsan ar y ffôn fel petai wedi rhoi cynnig ar frathu ei chlust. Yna, penderfynodd ei daflu yn erbyn y wal.

"Mae Miss Cawdel yn deud bod dim croeso i fi yn y siop fferins eto," meddai, gan daflu'r ffôn dro ar ôl tro. Yn y diwedd, dim ond gwifren oedd ar ôl yn ei llaw. "Mae rhywun wedi torri i mewn a rhyddhau byddin o lyffantod yn ei labordy, gan ddifetha ei basgedi bwyd. Mae hi'n siŵr mai fi sy'n gyfrifol!"

"Nid ti wnaeth, nage?" gofynnodd Heddwyn. Ar ôl i'r geiriau ddianc o'i geg, roedd yn ysu i'w cymryd yn ôl eto. "Wrth gwrs ddim," meddai yntau, yn llawer rhy hwyr. "Dwi'n gwybod hynny. Ond ar un adeg, roeddet ti *yn* hoff iawn o roi brogaod mewn llefydd –"

"Ti'n union fel pawb arall," gwaeddodd Betsan. "Os dwyt *ti* ddim yn fy nghoelio i, pa obaith sgen i ... Be 'di pwynt trio?"

Ar hynny, hedfanodd Esyllt yn ôl i'r tŷ. Plymiodd i'r lolfa grand a lapio ei holl blu o amgylch Betsan gan ei chofleidio'n gynnes. Roedd hi'n un dda am godi calon Betsan, a theimlodd Heddwyn yn wirion am feddwl amdani fel unrhyw beth heblaw cyfaill ffyddlon.

"Mae'n ddrwg iawn gen i, fy nhwmplen," meddai Esyllt.

Ceisiodd ddefnyddio ei hadenydd i sychu dagrau Betsan, ond doedd hi ddim am dderbyn hynny. Gwingodd Betsan o afael Esyllt a mynnu clywed beth oedd pawb yn ei ddweud amdani.

"O, fy nhwmplen. Dwyt ti ddim eisiau gwybod, wir," meddai Esyllt.

"Ydw, mi ydw i. RŴAN!" mynnodd Betsan.

Edrychodd Esyllt tuag at Heddwyn, fel petai'n erfyn arno i roi cymorth iddi. Doedd gan Heddwyn ddim syniad beth i'w wneud.

"Wel, fy nhwmplen," meddai Esyllt, gan ochneidio'n anobeithiol. "Does neb yma oherwydd ... does neb yn hoff ohonot ti. Y ceidwad adar, Mr a Mrs Twmpath, pawb yn y sw, yr holl blant o'r cartre – maen nhw'n dy ddrwglicio di oherwydd holl gastiau'r gorffennol. Does neb yn ymddiried ynot ti, ac roedd pawb yn meddwl mai esgus oedd y parti ar gyfer mwy fyth o erchyllterau."

Disgynnodd Betsan yn swp mewn cadair gyfagos, yn edrych fel petai pysgodyn mawr ac anghyfeillgar iawn wedi'i tharo ar draws ei hwyneb. Syllodd Heddwyn ar Esyllt yn ofalus, wrth iddi hercio ar draws yr ystafell a thyfu'n fwy ac yn fwy blin am y cyfan.

"Mae'n fy ngwneud i mor grac eu bod nhw ddim hyd yn oed yn rhoi cyfle i ti," meddai Esyllt. "Mae angen i rywun ddysgu gwers i'r dre 'ma ..."

"Gwir, *mae* angen i'r dre 'ma ddysgu ..." meddai Betsan. Diflannodd yr olwg bysgodlyd o'i hwyneb a daeth golwg fwy penderfynol yn ei lle.

"Mae'r holl beth yn gwneud i mi amau a ddylai unrhyw un drafferthu i ymddwyn yn dda," meddai Esyllt, gan ysgwyd ei phen. "Drychwch ar yr holl frechdanau 'ma, neno'r tad."

"Dwi ddim isio cyffwrdd yr un ohonyn nhw," meddai Betsan. "Mae'r cyfan wedi'i ddifetha."

Roedd Esyllt yn teimlo fymryn yn wahanol.
Gyda chyflymder eithriadol, hedfanodd o amgylch
y bwrdd a llowcio pob un frechdan o fewn golwg, cyn
golchi'r cyfan i lawr gyda litr o ddiod oren. Sylwodd Heddwyn
nad oedd ei stumog wedi chwyddo. Roedd fel petai'r holl
fwyd a diod wedi diflannu i'w chorff.

"Mmmff! Popeth yn flasus dros ben," meddai Esyllt, gan
sychu ei phig gydag adain. "Ond mae'n siŵr nad yw hynny'n
helpu ryw lawer, fy nhwmplen?"

"Nag'di," meddai Betsan. "Fydda i ddim yn hapus eto
tan i fi gael dial."

"Aros funud, Betsan. Dydw i ddim yn arbenigwr ar y
math yma o beth, ond paid â gadael i dy dymer dy arwain at
wneud rhywbeth gwirion. Dwi wedi gwneud y camgymeriad
yna o'r blaen –" cychwynnodd Heddwyn.

"Wyddoch chi beth, Heddwyn? Rydych chi'n gwbwl
gywir," meddai Esyllt. Am ennyd, teimlodd Heddwyn
fymryn o ryddhad, ond yna ychwanegodd Esyllt,
"Dydych chi ddim yn arbenigwr."

"Beth?!" poerodd Heddwyn.

"Does gennych chi ddim syniad beth mae
Betsan yn ei phrofi, a dim syniad beth mae
gwneud daioni wir yn ei olygu. Ydych chi'n

anghofio eich bod chi wedi treulio bywyd cyfan yn hela creaduriaid diniwed er mwyn i fwystfil gwych a gogoneddus eu bwyta?" meddai Esyllt.

"Gwych? Gogoneddus? Aros funud nawr –" meddai Heddwyn.

Arhosodd Esyllt ddim am eiliad, hyd yn oed.

"Betsan, onid ydw i'n un o'r adar mwyaf caredig, mwyaf rhagorol i ti gyfarfod erioed?" gofynnodd hithau. Nodiodd Betsan ei phen. "Braf clywed. Gwranda arna i, felly, wrth i mi ddweud na ddylet ti adael i unrhyw un gymryd mantais ohonot ti eto."

"Am beth wyt ti'n sôn, Esyllt?" meddai Heddwyn, gan ffwndro'n llwyr. Sylweddolodd fod dau lygad y parot yn ddu, a doedd e ddim yn hoff o'r olwg ynddyn nhw. "Dyw dial ddim yn mynd i helpu neb!"

"Ond mi wna i deimlo'n well," mynnodd Betsan. "Yn hytrach na bod yn hunanol a meddwl am chdi di hun drwy'r amsar, ti 'rioed di meddwl am gymryd blincin' munud i feddwl amdana i?"

"Betsan, wrth gwrs fy mod i'n meddwl amdanat ti," meddai Heddwyn.

"Wel. Dim digon. Nid fel Esyllt," meddai Betsan, gan dynnu ei bag dros ei hysgwyddau. Chwyrlïodd i'r coridor, a chasglu'r sgwter adawodd y fadfall-ddynes ar ei hôl. "Esyllt ydi'r unig un sy wir yn malio amdana i."

Agorodd Heddwyn ei geg, ei chau, a'i hagor unwaith eto, gan geisio – a methu – penderfynu sut y byddai'n profi i Betsan faint roedd yn malio amdani. Craffodd Betsan arno am rai eiliadau, yn ysu iddo ddweud rhywbeth, ond daeth dim gair o'i geg. Cerddodd hithau at y drws ffrynt.

"Un peth arall," meddai Betsan, gan droi at Esyllt. "Pan ddudist ti bod pawb o'r cartre plant yn ...?"

"Mae'n ddrwg gen i ddweud bod y cyfan yn wir," meddai Esyllt. "Mae *pawb* yn dy gasáu di. Yn enwedig y bachgen 'na rwyt ti mor hoff ohono. Iestyn. Yn ôl pob sôn, mae'n ffeirio comics gyda ti oherwydd ei fod yn ofni y byddi di'n gwthio mwydod i fyny ei ffroenau fel arall."

"Hyd yn oed Iestyn," meddai Betsan. Daeth golwg o siom dros ei hwyneb am eiliad, cyn i'r olwg benderfynol ddychwelyd. "Os nad ydi pobl yn credu 'mod i'n gallu ymddwyn yn dda, ella ddylswn i ddangos iddyn nhw pa mor ddrwg alla i fod."

"Yn union!" sgrechiodd Esyllt, ei llygaid duon yn disgleirio mewn llawenydd.

"Na, na, na!" gwaeddodd Heddwyn. "Aros, Betsan, falle bod y sgwter 'na'n beryglus!"

Ond roedd hi'n rhy hwyr. Caeodd Betsan y drws yn glep, a gwibio ymhell o'r tŷ ar y sgwter.

"Wel, wel – dwi erioed wedi gweld unrhyw un mor danllyd â hi. Elli di ddychmygu be wneith hi i'r dref?" gofynnodd Esyllt. "O, a paid â phoeni am y sgwter, hen fêt. Dwi wedi'i orchymyn i fihafio – am y tro, beth bynnag."

Rhedodd Heddwyn allan o'r tŷ, ond roedd Betsan wedi diflannu'n barod, a dim syniad ganddo i ba gyfeiriad. Brysiodd, yr un mor gyflym, at weddillion y ffôn – gan gydio yn y weiren, a meddwl am yr holl rifau y medrai ddeialu petai'r peth yn dal i weithio.

"Dwi hefyd wedi siarsio'r holl bethau yn yr atig i aros yn dawel," meddai Esyllt. "Maen nhw 'di bihafio'n ddrwg iawn – yn chwarae castia ym mhob man. Eto, dwi 'di bod yn eitha drwg fy hun ... wnes i ddim siarad â neb bore 'ma, ti'n gwbod – dim ond hedfan mewn cylchoedd o amgylch y cymylau."

Edrychodd Heddwyn ar Esyllt. "Beth yw ystyr hyn?" gofynnodd yntau. Yn ateb, taflodd Esyllt wahoddiad i'r parti i fyny tuag ato.

"Dim rhyfedd nad oedd y gwesteion 'di cyrraedd," meddai hithau. Plygodd Heddwyn i lawr a gweld bod y gwahoddiad wedi'i lapio o amgylch coes llyffant. "O, ac ella wir 'mod i fymryn bach yn gyfrifol am y pla gwyrdd 'na yn siop fferins Miss Cawdel. Roedd rhaid i fi lowcio un neu ddau ohonyn nhw, cofia. Roedden nhw'n edrych *mor* flasus."

Lledodd crechwen anghynnes ar draws pig Esyllt, a doedd ei llais bellach ddim fel petai'n perthyn iddi hi o gwbwl. Roedd yn feddal ac yn llithrig, a'i hacen wedi newid mymryn – ac yn llawer rhy gyfarwydd i glustiau Heddwyn. Dechreuodd o grynu a chrebachu'n ôl, wedi dychryn i'r byw bod ei amheuon gwaethaf yn dod yn wir.

"Pam yr ofn, Heddwyn? Dwi'n gwbod dy fod ti wedi meddwl amdana i, a finna titha. A deud y gwir, dwi 'di meddwl am ddim byd arall heblaw amdanat ti a Betsan. Ty'd i roi cusan i dy fwystfil di."

Camodd Heddwyn yn ôl eto, gan roi pellter rhyngddo a'r creadur oedd yn hercian tuag ato'n wên i gyd. Galwodd am gymorth, er ei fod yn gwybod yn iawn fod neb arall yno i'w glywed.

"Paid â phoeni, Heddwyn, wna i dy helpu di," meddai'r bwystfil, trwy big Esyllt. "Dwi am gael gwared ar y dylanwad drwg 'na o dy fywyd, fel pob un arall sy 'di dod rhyngddom ni dros y blynyddoedd. Ond gynta, dwi angen iddi ddeall ei bod hi'n union fel fi."

"O-O-Ond sut ydych chi yma? B-B-Beth? P-P-Pam?" bytheiriodd Heddwyn.

"Wir, ar ôl yr holl amser ar wahân, dyna'r cwestiwn gora sgen ti?" meddai'r bwystfil, gan ysgwyd pen Esyllt mewn siom. "Dim 'sut wyt ti', na 'sut deimlad ydi bod y tu fewn i barot'? Wir yr, Heddwyn, dwi 'di siomi yn dy allu i sgwrsio. Ella dy fod ti angen mwy o bractis efo'r wal 'na."

Baglodd Heddwyn i fyny'r grisiau wysg ei gefn, a herciodd y bwystfil ar ei ôl. Gwrandawodd yn astud, yn disgwyl i Heddwyn gychwyn sgwrs fwy pleserus. Arhosodd ei hen was yn gwbwl dawel, felly ochneidiodd y bwystfil trwy big Esyllt ac ateb y cwestiynau gwreiddiol.

"O ran sut a beth; yn gynta, roedd rhaid bwyta popeth yn ei stumog hi – gymerodd hynny sbel, gan ei bod hi'n barot bach tew. Ar hyn o bryd, dwi wrthi'n dinistrio ei phersonoliaeth glên, obeithiol. Dydw i erioed wedi bwyta rhywun o'r tu mewn allan o'r blaen – mae'n rhaid i fi wneud yn fwy aml," meddai'r bwystfil. "Ro'n i am gropian allan drwy un o'i wyau hi – tasa hi ddim mor dwp, fe fyddai hynny wedi bod yn gyfle da i gael gwared ohona i – ond mae hyn yn fwy o hwyl o lawer."

"RYDYCH CHI'N FFIAIDD!" udodd Heddwyn.

Ysgydwodd y bwystfil ben Esyllt unwaith eto. Doedd o ddim wedi dychmygu mai fel hyn y byddai aduniad y ddau.

"Os elli di ddim siarad yn gwrtais, ella ddylsat ti ddim siarad o gwbwl," meddai. "Amser gwisgo dy grys hyfryd eto, dwi'n meddwl."

Wiglodd y bwystfil un o grafangau Esyllt, a gyda sŵn chwythu aruthrol, hedfanodd y crys â botymau aur at y grisiau a hofran yn fygythiol dros ben Heddwyn.

"W-W-Wnewch chi ddim llwyddo tro 'ma," gwaeddodd Heddwyn, gyda chryn dipyn o obaith.

"Ti'n gwbod iawn 'mod i wedi llwyddo'n barod, hen fêt," meddai'r bwystfil.

Siop Gastiau Mostyn ap Tegell

Gwibiodd sgwter y bwystfil fel mellten. Hyd yn oed ar gyflymder 'cymhedrol', roedd Betsan yn pasio'r holl geir a beiciau modur ar y ffordd. Teithiodd mor gyflym nes bod yr awyr o'i chwmpas yn teimlo fel petai'n brathu ei chroen, a throdd y byd yn aneglur.

Cyrhaeddodd Betsan y Siop Gastiau ugain munud yn gynnar. Cafodd ei chyfarch ger y drws gan Mostyn ap Tegell.

"O'r diwedd! Mae fy nghastiwr bach wedi dod adra," meddai Mostyn, gan fflachio ei ddannedd aur. "Ro'n i'n gwbod yn iawn na fysat ti'n medru cadw draw'n rhy hir."

Doedd hon ddim yn siop arferol lle byddai rhieni'n dod â'u plant i brynu catapwlt neu glustog gwynt. Roedd yn lle mwy sinistr o lawer. Wrth i Betsan gael ei hebrwng ei mewn, cafodd ei chyfarch gan silff gyfan o ddoliau'n sgrechian.

"Dyma'r sgrechwyr sy'n oeri'r gwaed," meddai Mostyn ap Tegell. "Perffaith ar gyfer dychryn rhywun yn wirion yng nghanol y nos."

"Ofnadwy," meddai Betsan.

"Diolch o galon," meddai Mostyn ap Tegell. "A pa fath o erchylltra fysat ti'n licio heddiw?"

Doedd Betsan ddim wedi penderfynu ar fath penodol o erchylltra, felly aeth ati i gerdded o amgylch y siop. Daeth wyneb yn wyneb â wal yn llawn robotiaid oedd yn dinistrio llyfrau, a chasgliad o drapiau wedi'u creu i wneud amrywiaeth o bethau anghynnes.

Roedd Mostyn ap Tegell yn tueddu i lynu i'w gwsmeriaid, yn enwedig rhai fel Betsan oedd angen hwb er mwyn bod yn ddrygionus iawn. "Wyt ti wedi ystyried y lolipop hunllefau?" gofynnodd yntau, wrth arwain Betsan at focs fferins oedd yn edrych fel pob un bocs fferins arall. "Un blas o'r lolipop, a chei di ddim breuddwyd neis am wythnosa."

Ysgydwodd Betsan ei phen. Roedd hi angen rhywbeth gwaeth na lolipop.

"Beth yw rheiny fan'cw," gofynnodd Betsan, "fel rhyw fath o lygod mawr robotaidd?"

"Nid *unrhyw* lygod mawr robotaidd," meddai Mostyn ap Tegell, gan ei thywys tuag atyn nhw. Roedd ganddyn nhw lygaid cochion, a chyrff du, metalaidd. "Dyma'r llygod-y-gwynt diweddaraf un."

"Sut mae pethau fel'ma'n gweithio?" gofynnodd Betsan.

"Yn gynta, ti'n llwytho'r llygoden efo pilsen ddrewdod o dy ddewis di. Yna, ei hanelu at y targed, troi'r switsh ger y gynffon ymlaen, a'i gwylio'n mynd," meddai Mostyn ap Tegell. "Mae'r llygod mawr yn sgrialu i fyny'r corff agosaf ac yn chwistrellu mwg pinc a thrwchus o'u ffroenau. Mae'r ogla'n lledaenu dros tua pum can troeddfed, felly does dim angen i ti fod yn agos."

"Beth os ydw i *isio* bod yn agos?" gofynnodd Betsan. "Isio gweld y cyfan yn digwydd?"

Fflachiodd Mostyn ap Tegell wên euraid.

"Mae pob set yn dod â phegiau trwyn," meddai. "Ac mae'n bosib rhaglennu'r llygod i ymosod ar nifer o bobl ar yr un pryd, os ydi hynny'n apelio."

Nodiodd Betsan a pharhau â'i thaith o amgylch y siop, yn dysgu am ddyfeisiadau creulon eraill fel ciwbiau siwgwr yn llawn tail gwartheg a chipiwr babanod mecanyddol.

BAW TRWYN
BAW TRWYN

EWCH I GRAFU!
BETSAN
PWT
BAM
PWT

Unwaith iddi weld popeth yn y siop, mentrodd Betsan i'r ystafell gefn, lle roedd mainc ac arni gasgliad o phils drewdod gweigion.

"Dyma lle mae'r hud yn digwydd. Dwi newydd greu drewdod hyfryd o erchyll, o'r enw'r 'Syrpréis Pysgodlyd'," meddai Mostyn ap Tegell.

"Ga i 'chydig o bils gweigion?" meddai Betsan, wrth iddi ddyfeisio tric newydd sbon yn y fan a'r lle. "Mae gen i awydd creu fy arogleuon fy hun."

"Ro'n i'n meddwl. Roedd dy holl gastiau efo'r pethau o'r arwerthiant yn athrylithgar. Ddaeth y gyllell 'na o fewn trwch blewyn i wneud niwed mawr i un o 'nghwsmeriaid. Ddylet ti fod wedi gweld y peth!" meddai Mostyn ap Tegell. Chwarddodd yn galed, a dod yn agos at daflu dant yn rhydd o'i geg.

"Nid fi –"

"Wrth gwrs, doeth iawn. Doeddet ti ddim yn gyfrifol o gwbwl," meddai Mostyn ap Tegell, gan daro ochr ei drwyn fel petai'n cadw cyfrinach fawr. "Ac os oes unrhyw un yn gofyn, nid fi roddodd y llygod mawr i ti, dallt? Mae'n rhaid i gastwyr fel ni ofalu am ein gilydd."

"Jest rhowch y pils gweigion i fi, a dau fag o lygod mawr," meddai Betsan.

Gallai Mostyn ap Tegell ddweud yn syth nad oedd Betsan yn gwybod llawer am arian, felly cododd grocbris arni. Stwffiodd Betsan bopeth yn ei bag, a phendroni lle y byddai'n mynd nesaf er mwyn casglu'r cynhwysion ar gyfer ei harogl ofnadwy.

Neidiodd ar ei sgwter, a gwibio at y siop adar. Fel arfer, arhosai'r ceidwad adar yn ei siop ymhell ar ôl iddi nosi, ond heno, gwelodd Betsan amlinell dywyll y ceidwad a'i deulu'n bwyta swper i fyny'r grisiau.

"Wel. Dyna wneud pethau'n haws," meddai Betsan.

Cymerodd gip i fyny ac i lawr y stryd wag, cyn rhoi cynnig ar y drws. Roedd wedi'i ddatgloi, ond ar ôl iddi sleifio i'r siop, trodd yr holl adar i syllu tuag ati. Roedden nhw fel cŵn gwarchod, ond yn medru bod yn llawer mwy swnllyd.

"Hmm, ella na fydd hyn mor hawdd â hynny," meddai Betsan.

Gwyddai y byddai un sgrech, cwac, clwc, neu drydariad gan yr un ohonyn nhw'n wahoddiad i'r gweddill ymuno. Gwgodd Betsan, gan feddwl y byddai'n amhosib cwblhau ei neges, ond yna dechreuodd y piano bwystfilaidd chwarae hwiangerdd yn dawel. Roedd yn dôn hynod o fwyn, yn achosi i lygaid pob un aderyn gau'n araf – hyd yn oed y rhai oedd yn effro gyda'r nos, a ddim wedi bod ar ddi-hun yn hir.

Daeth Betsan yn agos at syrthio i gysgu ei hun, petai ei meddwl ddim yn llawn poen a theimladau o frad. Disgwyliodd nes i'r ystafell lenwi â synau rhochian cyn chwilota am gawell yr Hoatsin.

Safai'r cawell ar wahân i'r gweddill, gan fod yr un o'r adar yn medru dioddef arogl ffiaidd y creadur. Hyd yn oed yn cysgu, edrychai'r Hoatsin yn unig.

"Deall yn iawn, mêt," sibrydodd Betsan, wrth iddi osod y peg o amgylch ei ffroenau. Estynnodd i gawell yr Hoatsin a gwasgu ychydig o'i blu drewllyd i'w phils gweigion. "Mae angen cosbi gweddill yr adar 'ma am dy drin di fel hyn."

Sleifiodd Betsan yn ôl allan o'r siop. Roedd gweld yr Hoatsin, heb unrhyw ffrindiau, wedi'i hatgoffa o'r teimlad o eistedd ar ei phen ei hun yng nghanol yr holl frechdanau. Gafaelodd yn dynnach fyth yng nghyrn ei sgwter wrth iddi wibio tuag at y sw.

Yn anffodus, roedd drysau'r sw ar glo a'r holl waliau'n uwch na'r postyn lamp mwyaf heglog. Bu bron iddi droi a chychwyn yn ôl am y tŷ pymtheg llawr, ond yna dechreuodd y sgwter sgwtran ar ei liwt ei hun. Gyrrodd Betsan ar wib tuag at wal allanol corlan yr eliffantod, gan symud yn llawer rhy gyflym iddi feddwl am neidio i ffwrdd.

Gwingodd Betsan, yn paratoi ar gyfer damwain,
ond roedd gan y sgwter syniadau gwahanol.
Trodd ei drwyn am i fyny, a dechrau dringo
wal y sw.

Gafaelodd Betsan yng nghyrn y sgwter gyda'i holl nerth, wrth iddo ei harwain at uchelfannau'r adeilad. Edrychodd i lawr, yn pendroni sut i gyrraedd yr eliffantod, cyn i'r sgwter herio disgyrchiant unwaith eto a llithro i lawr wal fewnol y sw.

Y tro yma, gwnaeth Betsan y penderfyniad doeth o gau ei llygaid yn dynn nes iddi deimlo'r ddaear o dan ei thraed unwaith eto. Ar ôl agor ei llygaid, gwelodd eliffant bach chwareus yn syllu'n ôl.

"Haia," meddai Betsan.

Roedd yr eliffant wrth ei fodd yn cyfarfod Betsan. Cododd ei drwnc ac ymateb i'r 'Haia' gyda mymryn o drwmpedu brwdfrydig.

Cafodd Betsan ei byddaru dros dro gan y trwmpedu, a llwyddodd i dynnu sylw'r gwarchodwyr nos ar yr un pryd. Cuddiodd Betsan y tu ôl i'r eliffant, wrth i'r gwarchodwyr fflachio goleuadau i mewn i'r gorlan.

"Be sy'n bod efo hwn, ti'n meddwl?" gofynnodd y gwarchodwr cyntaf.

"Dim ond baban ydi o," meddai'r gwarchodwr hŷn. "Maen nhw'n gweiddi am bopeth ar yr oed yma. Fydd o'n iawn – gadwn ni lygad arno am y tro, dyna'r oll."

"Fydda i ddim yma nos fory, mae gen i ofn," meddai'r

dyn cyntaf, wrth iddyn nhw gerdded i ffwrdd o'r gorlan. "Dwi'n mynd i weld y sioe 'na yn Theatr Twmpath. Ti'n gwbod, yr un efo'r parot."

"Gest di docyn?!" meddai'r hynaf o'r ddau. "Doedd 'na ddim ar ôl pan ffoniais i. Dyma'r sioe fwya yn y theatr, medden nhw, ers yr un 'na efo'r consurwyr yn dawnsio ..."

Daliodd Betsan i guddio y tu ôl i'r eliffant nes i fân siarad y gwarchodwyr bylu'n ddim yn y pellter. Yna, crwydrodd at y pentwr mwyaf un o faw eliffant.

Roedd yr arogl yn llawer gwaeth na hyd yn oed yr Hoatsin ar ei ddiwrnod gwaethaf, ond rhwystrodd peg dillad Betsan y cyfan. Daeth o hyd i bâr o fenyg a rhaw, gan ddechrau rhawio'r baw eliffant i ganol rhai o'i phils.

Wrth roi'r pils a phegiau yn ôl i'w bag, daeth yn ymwybodol bod sawl llygad eliffantaidd yn syllu arni. Crynai'r tir o dan ei thraed wrth i'r eliffantod gamu'n araf tuag ati – pob un yn trin y weithred o ddwyn baw fel petai Betsan wedi cipio eu hoff lestri arian. Edrychai'r eliffant bach, yn enwedig, yn arbennig o flin.

"Dim ond benthyg ydw i," meddai Betsan, gan sleifio'n ôl tua'r sgwter. "Gaddo. Gewch chi bopeth yn ôl unwaith dwi 'di gorffan."

Wnaeth hyn ddim byd i blesio'r eliffantod, a chamodd pob un tuag ati'n gyflymach ac yn gyflymach, yn ei hamgylchynu fel llewod o amgylch sebra. Rhedodd Betsan tua'r sgwter. Yn syth wedi iddi ei gyffwrdd, penderfynodd y sgwter y dylai'r ddau adael y gorlan ar frys – gan blethu rhwng trynciau peryglus yr eliffantod, cyn dringo a disgyn i lawr y wal yn llawer cyflymach nag o'r blaen.

Gwibiodd Betsan yn ôl i'r tŷ pymtheg llawr. Clywodd drwmpedu blin yr eliffantod yn y pellter, a hwnnw'n cychwyn ton o synau anifeilaidd ffyrnig drwy weddill y sw.

Gan adael y synau y tu ôl iddi, llongyfarchodd ei hun ar noson o waith caled. Roedd y cyfan wedi mynd yn llawer gwell na'r disgwyl – diolch yn bennaf i'r cymorth annisgwyl gan y sgwter a'r piano.

Pendronodd Betsan pam bod y pethau bwystfilaidd wedi rhoi cymaint o gymorth iddi, a hwythau wedi gwneud eu gorau i danseilio'r ceidwad adar a'r fadfall-ddynes. Doedd hi ddim yn hoff o'r teimlad bod unrhyw beth â chysylltiad â'r bwystfil yn cefnogi ei hymddygiad, a dechreuodd gwestiynu a oedd hi'n gwneud y peth iawn.

Penderfynodd y dylai sgwrsio eto gydag Esyllt a'r snichyn hunanol am y cyfan. Ond, ar ôl cyrraedd adre, doedd dim golwg o'r snichyn hunanol yn unman.

"Helô, Betsan," meddai'r bwystfil, oedd yn clwydo ar un o gownteri'r gegin. Siaradodd gan ddefnyddio llais melysaf Esyllt. "Mae Heddwyn a minnau wedi ffraeo'n ddi-baid, mae gen i ofn. Ma fe wedi gadael y tŷ. O, a soniodd nad oedd e byth eisiau dy weld ti eto."

Y Ploryn Ofnadwy

Gwasgodd y bwystfil lygaid Esyllt tan iddyn nhw ddyfrio, a defnyddio un o'i hadenydd i sychu'r 'dagrau'.

"Roedd yn ofnadwy," meddai. "Esbonais i Heddwyn pam bod angen i ti ddial ar y dref, ond doedd e ddim am wrando. Mae'n meddwl dy fod ti'n dwpsyn am i ti ofyn am gyfle arall gan bawb wnest ti chwarae castiau arnyn nhw. Ar ôl i ti ei alw'n hunanol, soniodd rywbeth am ddangos i ti'n union pa mor hunanol gall e fod."

"Na," meddai Betsan. Dechreuodd agor cypyrddau ac oergelloedd yn wyllt, yn siŵr y byddai'n dod o hyd i Heddwyn y tu mewn i un ohonyn nhw. "Mae o'n gwbod fy mod i 'di deud y petha 'na achos 'mod i wedi fy mrifo."

"Yr unig beth mae'n gwybod yw ei fod e eisiau i ni adael erbyn dydd Sadwrn, gan roi cyfle iddo fe ddychwelyd i'w fywyd hyfryd, dibryder yn llawn swigod diddiwedd yn ei fath a phartïon te i un," meddai'r bwystfil, gan wasgu'r llygaid eto er mwyn ychwanegu at yr effaith ddramatig. "Bydd rhaid i mi symud o'r dref, wrth gwrs, a ti ... wel, yn ôl i'r cartre plant, am wn i."

Roedd y bwystfil yn ysu am gael mwynhau'r olwg ar wyneb Betsan, ond roedd ei chefn wedi troi, a threuliodd beth amser yn syllu'n bwrpasol i gwpwrdd yn llawn bisgedi. Yna, sythodd ei hasgwrn cefn, a daeth handlen y drws yn rhydd yn ei llaw wrth iddi droi.

"Mae o'n gwbod yn iawn sut beth oedd byw fan'na. Fysa fo ddim yn ..."

Ond doedd Betsan ddim yn credu'r geiriau ddeuai o'i cheg ei hun. Fyddai Esyllt byth yn dweud celwydd am y fath beth.

Gwyddai fod yr holl ddigwyddiadau diweddar wedi bod yn anodd i Heddwyn, ond doedd hi erioed wedi dychmygu y byddai'n ei thaflu allan o'r tŷ. Roedd hi wedi meddwl bod eu cyfeillgarwch yn bwysicach na hynny.

Roedd fel petai pawb yn ymladd yn ei herbyn. Ar ddechrau'r dydd, cofiodd deimlo bod pethau'n dechrau gwella, ac ar ei ddiwedd, roedd hi'n ddigartre, diobaith, di-Heddwyn, ac wedi'i dedfrydu i ddychwelyd i'r lle mwyaf digalon erioed.

"Dyma be dwi'n gael am wneud daioni," meddai hithau. Taflodd handlen y cwpwrdd ar draws yr ystafell, gan gracio un o gwpanau te crand Heddwyn. "Alla i ddim mynd yn ôl i'r cartre plant. Yn enwedig ar ôl gwbod be mae pawb yn ei feddwl ohona i."

"Sa i'n credu bod gen ti ddewis –" cychwynnodd y bwystfil, yn llais Esyllt.

"Oes, tad – does neb erioed 'di bod yn dda iawn am roi gorchmynion i fi. Dwi am ddod efo ti," meddai Betsan. Edrychodd i fyny, gyda gobaith yn ei llygaid. "Ga i, Esyllt? Chdi ydi'r unig ffrind sy gen i ar ôl ..."

Roedd rhaid i'r bwystfil reoli pob un cyhyr yng nghorff Esyllt er mwyn rhwystro'i hun rhag chwerthin yn uchel. Yna, defnyddiodd yr un geiriau a glywodd Heddwyn ar ôl i'r ddau gyfarfod am y tro cynta, ganrifoedd maith yn ôl.

"Paid â phoeni dim. Ti byth, byth am gael gwared arna i," meddai. "Wna i edrych ar dy ôl di."

Teimlodd y bwystfil y byddai Esyllt yn debyg o gofleidio Betsan ar adeg fel hyn. Lledaenodd ei adenydd a neidio ar draws y cownter, wrth iddo wneud ei orau i ddeall sut beth oedd cofleidio rhywun.

Yn ffodus i'r bwystfil, doedd Betsan ddim yn teimlo fel

cofleidio neb na dim. Agorodd ei bag, a gosod y llygod mawr a'r pils ar y cownter.

"Dwi'n meddwl y bydd angen i ni ddechra'n bywyd newydd efo'n gilydd ar ôl y sioe nos fory," meddai Betsan. "Fydda i ddim yn cael aros yn y dre ar ôl y tric arbennig yma."

Crechwenodd y bwystfil – roedd addewid o'r fath erchylltra yn cryfhau ei ddylanwad ar Esyllt. Roedd gan Betsan awydd dechrau ar y gwaith yn syth, oni bai am y ffaith fod ei llygaid yn drwm gan flinder.

"Ella bod angan cychwyn arni fory, wedi meddwl," meddai Betsan. "Ond fydd o'n werth aros amdano, dwi'n gaddo."

Doedd hyn ddim yn plesio'r bwystfil, ond ceisiodd ymddangos yn ddi-hid am yr holl oedi.

"Am syniad campus. Wna i dy hedfan i'r gwely nawr. A falle gei di gân hyfryd, hyfryd ar yr un pryd," meddai'r bwystfil.

Gafaelodd Betsan yng nghrafangau'r aderyn, a dechreuodd y bwystfil hedfan yn anesmwyth a thrwsgl i fyny at ystafell wely Betsan. Roedd y bwystfil yn well am ddefnyddio llais Esyllt na'i hadenydd, ond roedd ei gân ymhell o fod yn hyfryd, hyfryd.

Herciodd y bwystfil o'r ystafell wely, a dechrau neidio i fyny'r grisiau. Galwodd Betsan ar ei ôl, cyn iddo fynd mor bell â'r llawr nesaf.

"Esyllt, lle ti'n mynd?" gwaeddodd hithau.

"Beth nawr? Dwyt ti ddim yn disgwyl cusan i ddweud nos da, nag wyt ti?" gofynnodd y bwystfil.

"Na, jest pendroni pam dy fod ti'n mynd i fyny'r grisia. Wnei di ddim aros fan hyn?" meddai Betsan, yn dylyfu gên.

"Fydda i yno'n fuan. Dim ond angen gwirio rhywbeth cyn y cyngerdd ydw i," meddai'r bwystfil. "Nos da."

Cododd Betsan ei hysgwyddau a dechrau rhochian cysgu ar ei chlustog. Hedfanodd y bwystfil gorff Esyllt i fyny'r sawl set o risiau oedd ar ôl, a gwneud nodyn o'r holl bethau coll a ddylai gael eu dychwelyd. Galwodd y llyfr atgofion tuag ato wrth wiglo ei grafangau, ac astudio'r tudalennau er mwyn atgoffa ei hun sut le oedd y tŷ cyn yr arwerthiant mawr.

"Paid â bod ofn," gwaeddodd y bwystfil, ar ôl cyrraedd y llawr uchaf. "Fydda i'n gymaint hapusach os dwyt ti ddim yn edrach yn ofnus."

Defnyddiodd y bwystfil grafangau Esyllt i wthio'r hen ddrws simsan ar ben y grisiau ar agor gyda gwich. Trodd y golau ymlaen, cyn gorchymyn y llyfr atgofion i guddio rhwng y goeden Nadolig oedd yn ei haddurno ei hun, y siwt astronot, a'r setiau teledu maint gwlâu dwbl.

Agorodd y bwystfil y llenni melfed coch ym mhen pellaf yr ystafell. Roedd Heddwyn ar ei hyd y tu hwnt iddyn nhw,

yn cael ei ddal i lawr gan y crys â'r botymau aur.

Ar ei fferau, roedd crafangau wedi gadael creithiau cochion, ar ôl i'r bwystfil ei lusgo i fyny'r grisiau. Yn ogystal, roedd ei wddw wedi chwyddo wedi i'r crys ei grogi bob tro i Heddwyn feiddio gweiddi am gymorth neu rybuddio Betsan. Ond doedd ei anafiadau'n ddim i'w gymharu â'r niwed meddyliol roedd y bwystfil wedi'i achosi.

"Y mwnci gwirion – be dwi *newydd* ddeud am edrach yn ofnus?" meddai'r bwystfil.

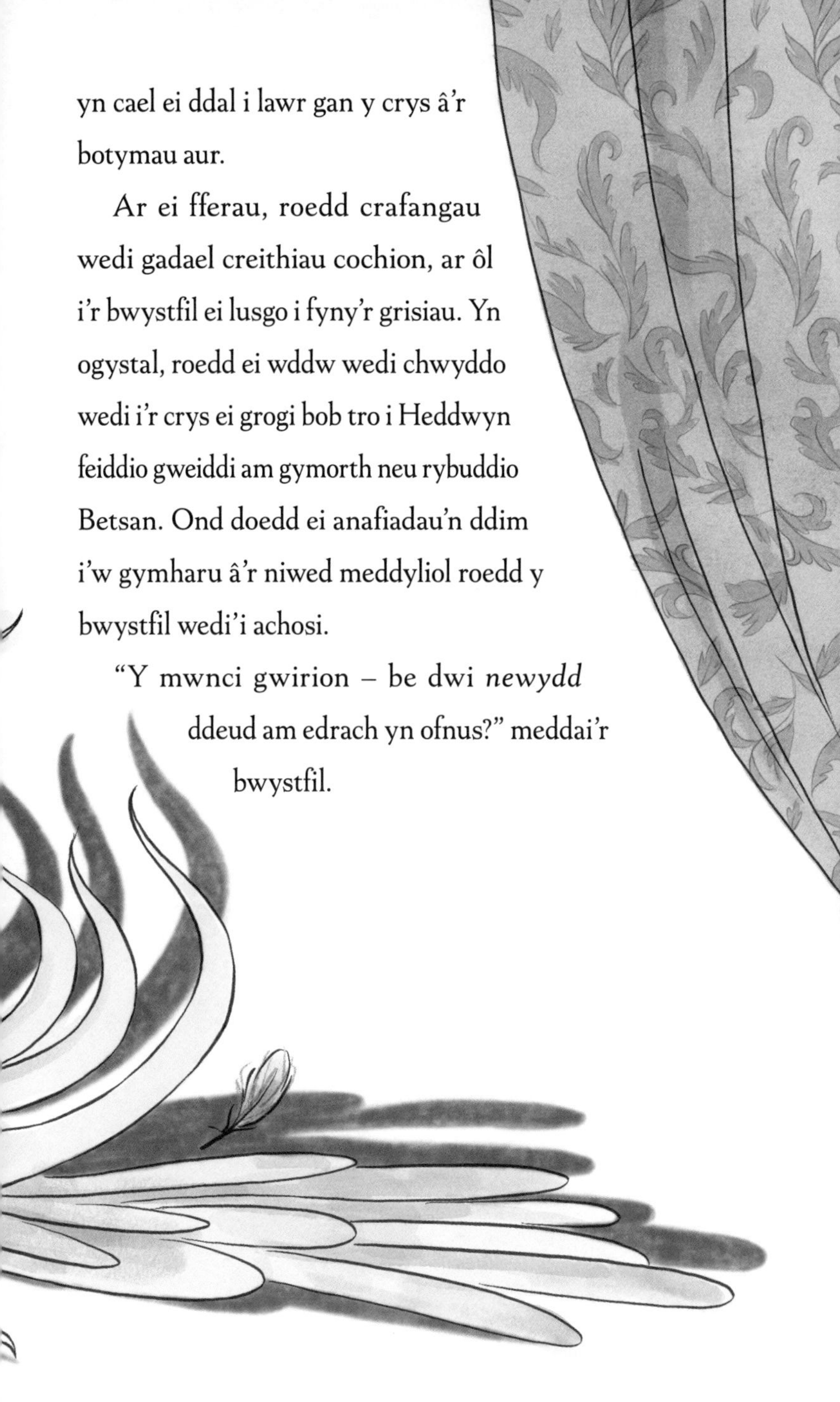

Y Bwystfil a'i Gân

"Newid braf, ti'm yn meddwl?" meddai'r bwystfil. "Rŵan chdi di'r un sy'n styc fan hyn, tra 'mod i'n rhydd i grwydro gweddill y tŷ a mwynhau fy hun efo Betsan."

"Beth y'ch chi wedi'i wneud gyda hi?" gofynnodd Heddwyn. Roedd yr holl grogi wedi gwneud ei lais yn groch.

"Ddim wedi gwledda eto, os mai dyna ti'n ofyn," meddai'r bwystfil. "Mae 'na lot gormod o hwyl i'w gael cyn hynny. Mae angen i Betsan sylweddoli ei bod hi, yn y bôn, yr un mor fwystfilaidd â fi."

"Does gennych chi a Betsan ddim *byd* yn gyffredin!" crawciodd Heddwyn. Roedd yn defnyddio ei lais cryfaf, ond daeth dim llawer mwy na sibrwd allan o'i geg.

"O, dwi ddim yn siŵr am hynny," meddai'r bwystfil,

wrth i wên fach ddrygionus ledaenu ar draws big Esyllt. "Dyma'r ffeithia. Ddoe, roedd hi'n mynnu bwydo brechdan mwydod wedi ffrio i fi, a heddiw mae hi'n bwriadu dial yn erchyll ar y dref gyfan. Mae ei gweld hi'n gweithio yn ysbrydoliaeth, wir."

"Mae hynny'n wahanol. Mae hi'n meddwl mai Esyllt sy'n sôn wrthi am wneud y pethau 'ma!"

"Ydi wir. A sgwn i be arall wneith hi os ydi 'Esyllt' yn rhoi ei bendith?" meddai'r bwystfil. "Dwi 'di bod yn meddwl am yr un 'na mae hi'n ei chasáu gymaint. Casi Twmpath. Ti'n meddwl y medra i gymell Betsan i'w bwydo i mi?"

"Peidiwch â bod yn hurt. FYDDE HI BYTH YN –" gwaeddodd Heddwyn.

"Twt twt. Dydi 'byth' ddim yn air gobeithiol iawn, nag'di?" meddai'r bwystfil. "A beth bynnag, ti ddim yn nabod Betsan fel fi. Welaist ti ddim faint roedd hi wedi'i brifo ar ôl i fi ddeud dy fod ti 'di gadael."

Allai Heddwyn ddim credu y gallai Betsan feddwl ei fod yn malio cyn lleied am eu perthynas. Roedd y bwystfil wrth ei fodd â'r olwg o anobaith ar wyneb Heddwyn, fel petai newydd dderbyn diod blasus o waed.

"Mae hi'n meddwl mai fi ydi ei hunig ffrind yn y byd.

Mai fi ydi'r unig un all ei hachub rhag bywyd yn y cartre plant – mae'n ddigri tu hwnt!" chwarddodd y bwystfil. "A dwi'n meddwl y byddai hi'n gwneud unrhyw beth dwi isio, os ydw i'n ei pherswadio bod Casi wedi brifo Esyllt rywsut."

"NA!"

Reslodd Heddwyn yn erbyn y crys, gan golli'n rhacs unwaith eto. Ysgydwodd y bwystfil ben Esyllt mewn siomedigaeth.

"Paid â bod yn wirion rŵan," meddai yntau. "Dwi'n gwbod pam dy fod ti'n ymddwyn fel hyn. Yn meddwl bod rhaid i ti ochri efo Betsan, achos 'mod i ddim am dy gymryd yn ôl? Hmm? Wel, fyddi di'n falch o glywad 'mod i wedi meddwl eitha tipyn am ein hamser ni – *cyn* y busnes Betsan anffodus 'ma."

Herciodd y bwystfil tuag ato a mwytho Heddwyn yn addfwyn gydag un o grafangau Esyllt, gan adael crafiad dwfn yn ei foch.

"Paid â phoeni am farwolaeth, Heddwyn. Dwi'n gwbod mai dyna ti'n ei ofni fwya," meddai. "Wrth i fi gynllwynio fy nialedd ym mol Esyllt, gofiais i gymaint o was bach da oeddet ti. Aeth y lleill yn wan ac yn dila bron dros nos, ond roedd pum can mlynedd wedi pasio cyn i ti achosi unrhyw broblema. Fysa colli aelod mor werthfawr o staff yn torri fy nghalon."

"Wna i ddim eich gwasanaethu eto," meddai Heddwyn. Doedd o ddim yn credu ei fod wedi meddwl am eiliad y byddai'n gweld eisiau'r creadur ofnadwy.

"Mi wnei di. Ar ôl i fi ladd Betsan, gawn ni anghofio am yr holl annifyrrwch, a mynd yn ôl i'r hen drefn," meddai'r bwystfil. "Wnei di brydau bwyd i fi, a gei di bob dim oeddet ti isio erioed. Ella y byddi di'n strancio am wythnos neu ddwy, ond dyna'r oll – yn union sut wnest ti anghofio am dy gath. Be oedd ei henw eto? Pamela Grwgnach?"

"Ei enw oedd y Parchedig Grwndi, a dyw hyn ddim yn debyg o gwbwl! Rwy'n *erfyn* arnat ti i ryddhau Betsan," meddai Heddwyn. "Fi biau'r holl gosb."

Giglodd y bwystfil yn llithrig, a hercio i ffwrdd. Wrth iddo wneud, disgynnodd plu oddi ar gefn Esyllt.

"Dim ffiars o beryg. Dwi 'di bod yn disgwyl am y tamaid arbennig yma ers talwm, yn ei melysu efo creulondeb a chwerwder," meddai'r bwystfil. "Yr unig beth dwi'n ei ddifaru ydi na chei di weld y cyfan. Rhaid i ni feddwl sut i dy gynnwys di yn y digwyddiad bach hapus 'ma."

Herciodd y bwystfil o amgylch yr atig wrth feddwl. Rhoddodd y gorau iddi wedi i syniad campus ei daro'n sydyn.

Wiglodd y bwystfil grafangau Esyllt a gorchymyn bod un o'r setiau teledu'n eistedd o flaen Heddwyn.

"Dwi am ffilmio'r perfformiad a'i ddangos ar y sgrin!" meddai'r bwystfil. "Yn y cyfamser, i dy gadw'n hapus …"

Chwydodd y bwystfil weiren o siâp anarferol o big Esyllt, a'i defnyddio er mwyn cysylltu'r llyfr atgofion i'r set deledu. Trodd yr holl atgofion yn glipiau fideo.

"Ffansi ail-fyw ein hen fywyd?" gofynnodd y bwystfil.

Gwnaeth Heddwyn ei orau i ysgwyd ei ben, ond mynnodd y crys ei fod yn nodio mewn cytundeb.

"Gwych o beth. Ella gawn ni barti bach ar ôl y cyngerdd, i ddathlu … wel, fi," meddai'r bwystfil. "Be am i ti glywed y gân dwi am berfformio cyn lladd Betsan?"

Gwnaeth y crys â'r botymau aur i Heddwyn nodio eto.

"Dyna o'n i'n feddwl," meddai'r bwystfil. "Da iawn. Gan mai *Sioe Fawr Padrig* ydi enw'r cyngerdd, ro'n i'n bwriadu canu'r gân ola iddo fo ei sgwennu erioed. Ti'n cofio, Heddwyn? Yr un sgwennodd o amdana i, yn union cyn i fi ei fwyta yn yr union atig yma."

Caeodd y bwystfil lygaid Esyllt. Ar ôl eu hagor eto, dychmygodd ei fod yn perfformio o flaen cynulleidfa anferth. Dechreuodd ganu;

"Cartref y bwystfil yw'r gorau yn y byd,
Yn fwy ac yn well na'r tai eraill i gyd.
Dyw'r Frenhines ei hun, yn ei phalas crand hi,
Ddim hanner mor fodlon â'n hoff fwystfil ni."

Roedd y dôn yn rhyfeddol o swynol, a'r bwystfil yn dechrau arfer â defnyddio holl dalentau Esyllt. Wrth i'r bwystfil ganu, torrodd crafangau Esyllt rychau yn y llawr, gan symud o amgylch yr atig a gadael marciau rhyfedd ar eu holau. Roedd y bwystfil yn canolbwyntio gormod ar ei berfformiad ei hun i dalu unrhyw sylw.

"Gyda wyneb cyfeillgar, mor addfwyn a chrwn,
Tri llygad sy'n gweld popeth yma, mi wn,
Dwy dafod i lyfu a blasu'n ddi-baid,
Does dim un creadur yn debyg, mae'n rhaid."

Plygodd y bwystfil gefn Esyllt a moesymgrymu'n hir ar ddiwedd ei berfformiad. Daeth llewys y crys â'r botymau aur at ei gilydd er mwyn gwneud i Heddwyn gymeradwyo.

"Mae'n anhygoel sut mae cân dda'n codi'r enaid," meddai'r bwystfil. Gwenodd yn llydan, a dod yn agos at

gracio cornel oddi ar big Esyllt. "Gei di glywed honna eto pan dwi'n ôl."

Herciodd y bwystfil tuag at y drws. Llefodd Heddwyn yn groch unwaith eto, ond wnaeth hyn ddim gwahaniaeth – roedd achub Betsan ymhell y tu hwnt i'w allu bellach.

"O, a gyda llaw, chei di ddim cysgu am ddiwrnod arall," meddai'r bwystfil, gan droi pen Esyllt. "Bob tro ti isio gorffwys, fydd y crys yn crogi a gwasgu er mwyn dy gadw di'n effro. Dwi yn malio amdanat ti, Heddwyn, ond mae'n rhaid sicrhau dy fod ti'n cael dy gosbi am hyn i gyd."

Caeodd y bwystfil y drws a hedfan drwy'r tŷ, yn falch dros ben â fo'i hun. Roedd mor eithriadol o falch fel iddo fethu'n llwyr â sylweddoli pa fath o farciau roedd crafangau Esyllt wedi'u crafu yn y llawr.

Y Ddeuawd Fwystfilaidd

Deffrodd Betsan yn gynnar y bore wedyn, yn benderfynol
o ddial, a hynny cyn gynted â phosib. Doedd dim golwg o
Esyllt yn ei hystafell, felly camodd i lawr y grisiau.

Doedd Esyllt ddim yn y gegin chwaith, felly roedd rhaid
i Betsan wneud ei brecwast ei hun am y tro cyntaf mewn
wythnosau. Trodd y radio ymlaen, a dechrau dyrnu ychydig
o fyffins.

Fel arfer, roedd hi wrth ei bod yn gwneud brechdanau
myffins wedi'u gwasgu, ond heddiw cafodd ei hatgoffa
gormod am Heddwyn. Wrth iddi ddyrnu'r myffins, dychmygai
ei bod yn ei ddyrnu o – a hyd yn oed yn dweud wrth y myffins
eu bod yn dwpsod am ei gorfodi i adael y tŷ.

Dyna oedd yn brifo fwyaf, oherwydd mai Heddwyn oedd
ei ffrind cynta erioed. Doedd Betsan ddim yn siŵr eto sut

roedd cyfeillgarwch yn gweithio, ond roedd hi wedi meddwl eu bod yn mynd ati yn y ffordd iawn, nes i Heddwyn ddiflannu heb fath o ffarwél.

Yn amlwg, roedd hi wedi camddeall y sefyllfa – fel cymaint o bethau eraill yn ddiweddar.

Ar ôl brecwast, trodd ei sylw at y llygod mawr, a threulio awr neu ddwy'n ceisio deall y llawlyfr gorgymhleth – yn gweithio allan sut i lenwi'r pils, heb achosi i'r un arogl cas ddianc.

Yn ogystal â'i chymysgfaoedd gwreiddiol o blu Hoatsin a baw eliffant, aeth ati i astudio arogleuon Mostyn ap Tegell. Roedd rhain yn amrywio o'r 'Banana Hynafol' lled-ddrewllyd, i'r 'Rhech Drewgi Marw' oedd yn wirioneddol annymunol. Aeth tua awr arall heibio wrth iddi ddewis arogleuon arbennig ar gyfer gelynion penodol.

"Geith Iestyn ddwy lygoden fawr. Eitha reit am smalio bod yn ffrind," meddai wrthi'i hun. "Baw eliffant i'r fadfall-ddynes, yn sicr ... o, a bydd y drewgi 'di marw yn berffaith ar gyfer y ceidwad adar."

Roedd hi hefyd wedi penderfynu ei bod am ymosod ar bawb ar unwaith gydag arogl yr Hoatsin, fel bod neb yn y theatr yn medru dianc rhag ei dialedd drewllyd. Yr unig un ar ôl bellach oedd Miss Cawdel.

Roedd Betsan am ddial arni yn y theatr, wrth gwrs, ond roedd y perchennog siop am gael rhywbeth llawer gwell – neu waeth, yn hytrach – gan ei bod hi wedi rhoi mymryn o obaith i Betsan, a'i gipio oddi arni'n syth.

"Arolygydd iechyd!" meddai i'w hun.

Rhedodd at y llyfr ffôn. Rhwygodd y dudalen berthnasol allan a'i stwffio i boced flaen ei bag.

Roedd Betsan wedi disgwyl teimlo'n euog, neu'n annifyr o leiaf, wrth iddi baratoi'r castiau, ond doedd hi ddim wedi profi'r un emosiwn tebyg. Teimlodd yn fendigedig, ac yn awchus am gael dial eto ac eto. Roedd hi'n dysgu bod dim o'r fath beth â gormod o ddialedd, ac yn dechrau meddwl am beth y dylai wneud ar ôl y cyngerdd, pan glywodd hi'r drws ffrynt yn agor.

"Esyllt!" gwaeddodd Betsan, wrth iddi redeg i'r cyntedd. "Lle wyt ti 'di –"

Cafodd Betsan ei distewi'n syth wrth weld Esyllt. Roedd y bwystfil wedi plygu ei phig y tu hwnt i adnabyddiaeth, a gadael cylchoedd piws tywyll o amgylch ei llygaid.

"Be ddigwyddodd?" gofynnodd Betsan, yn llawn arswyd.

Roedd y bwystfil yn gafael mewn rhaff arian yng nghrafangau Esyllt, a honno newydd gael ei chwydu. Cymerodd arno ei fod yn hercian wrth agosáu.

"Casi Twmpath ddigwyddodd," meddai'r bwystfil, yn adrodd y celwydd roedd o wedi bod yn ei ymarfer drwy'r dydd. "Hedfan o amgylch y lle oeddwn i – yn rhoi ambell beth bach at ei gilydd ar gyfer y cyngerdd – pan gefais i fy nal ganddi. Roedd hi'n mynnu mai hi ddylai fod yn seren y sioe pan wnaeth hi hyn – fel bod dim modd i mi berfformio, ti'n gweld. Aeth hi mor bell â 'nghrogi i gyda'r rhaff arian 'ma!"

Trodd wyneb Betsan yn fflamgoch gan ffyrnigrwydd. Doedd hi ddim yn hoff o Casi, ond doedd hi erioed wedi meddwl y byddai hi'n medru gwneud unrhyw beth mor greulon.

"Dwi am ddial ar dy ran di. Tair o lygod mawr iddi hi!" meddai Betsan, gan frasgamu i fyny ac i lawr y cyntedd. "Na, na, na. Mae hi'n haeddu rhwbath llawer gwaeth."

"Twt, sa i'n gwybod am hynny," meddai'r bwystfil. Aeth ati'n ofalus, gan ei fod mor agos at wireddu ei freuddwydion. "Falle y dylen ni adael llonydd iddi ..."

"Dim ffiars o blincin' beryg, Esyllt!" meddai Betsan. "Mae angen ei chosbi hi am hyn."

"O diar, o diar – mae'n gas gen i achosi poen i rywun arall," meddai'r bwystfil. Rhoddodd blwc i adenydd Esyllt er mwyn dangos ei fod yn meddwl yn galed. "Er, petai'n fwy na chosb syml, ac yn dangos iddi na ddylech chi roi crasfa i berfformwyr eraill, fydde hynny ddim mor ddrwg. Rhoi un sioc fawr, anghynnes iddi, falle – un ddigon brawychus i newid ei hymddygiad am byth."

"Yn union!" meddai Betsan. "Sut fath o sioc fawr ac anghynnes?"

Ochneidiodd y bwystfil trwy big Esyllt.

"Dim math o syniad. Dydw i ddim yn aderyn mawr ac anghynnes, wyddost ti," meddai. "Beth amdanat ti? Beth yw'r peth mwyaf annifyr ddigwyddodd i ti erioed?"

"Dod yn agos at gael fy mwyta gan y bwystfil," meddai Betsan. "Wel, un ai hwnna, neu'r tro 'na wnes i sefyll ar blwg trydan mewn camgymeriad."

Gwnaeth y bwystfil sioe fawr o synnu at ateb Betsan. Clapiodd adenydd Esyllt gyda'i gilydd yn theatrig.

"O, dyna dda!" meddai yntau. "Wyddost ti beth, Betsan? Falle y bydd hynny'n gweithio!"

"Dwi ddim yn meddwl bod plwg trydan am wneud y tro," meddai Betsan.

"Nage, nid y plwg, ond y bwystfileidd-dra! Ddylen ni ei bwyta hi," meddai'r bwystfil. "Neu'n hytrach, gwneud iddi feddwl ei bod am gael ei bwyta. Dyna ro'n i'n ei olygu, wrth gwrs."

"Be?!"

"Pam ddim? Mae peth felly'n sicr o'i dychryn a newid ei hymddygiad!"

"Ond bygwth ei bwyta hi? Sut fysa peth felly'n gweithio?"

"Yn ddigon syml. Yn gyntaf, denu Casi i Theatr Twmpath – ddylai hynny ddim bod yn anodd, gan gofio sut un yw hi. Bydd angen i ti glymu ei dwylo â'r rhaff 'ma. Yna, yn ystod fy mherfformiad, wna i gymryd arnaf fy mod i am ei bwyta."

"Wedyn be?" gofynnodd Betsan, ei cheg yn disgyn ac agor gyda chwilfrydedd arswydus.

"Wedyn ... wel, fydd hi *ddim* yn cael ei bwyta, wrth gwrs. Nid y bwystfil ydw i," meddai'r bwystfil, gan ryddhau chwerthiniad bach llithrig o big Esyllt. "Ar yr union adeg y bydda i'n bygwth crafu un o'i llygadau o'i phen, fe wna i roi'r gorau iddi a dweud wrthi bod rhaid iddi ymddwyn yn fwy caredig tuag at berfformwyr eraill, er mwyn osgoi cael ei bwyta mewn gwirionedd."

"Ond Esyllt – ei di ddim i drwbwl?"

"Paid ti â phoeni am hynny. Fe honnwn ni fod y cyfan yn rhan o'r sioe. Bydd y gynulleidfa wrth eu boddau, a Casi wedi dychryn gormod i brotestio."

"Mae hwn i gyd yn teimlo braidd yn ddrygionus," meddai Betsan.

"Yn union. Mae'n mynd i fod yn ysblennydd!" meddai'r bwystfil.

"Na, nid dyna o'n i'n feddwl. Drygionus, fel ... drwg. Cas."

"Beth sy'n gas am y peth? Fyddwn ni ddim yn ei brifo hi. Un sioc fawr, a dyna ni. Mae hi wedi gwneud rhywbeth llawer mwy cas i mi."

Gwnaeth y bwystfil i wyneb Esyllt wingo mewn 'poen', a chodi un o'i hadenydd i'w llygaid cleisiog. Teimlodd Betsan gydymdeimlad yn ei llenwi i ddechrau, ac yna mwy fyth o ddicter wrth iddi weld beth oedd wedi digwydd i'r unig ffrind oedd ganddi ar ôl.

Roedd rhywun angen dysgu gwers i Casi, a gan fod Esyllt yn barot mor garedig a doeth, doedd hi erioed wedi rhoi darn gwael o gyngor. Penderfynodd Betsan roi gweddill ei chwestiynau i'r naill ochr.

"Iawn, os ti'n meddwl bod hyn am weithio, dwi'n dy goelio di," meddai hithau. "Awê."

Camodd Betsan i'r gegin, gan wthio'r llygod mawr i'w bag a phlygu'r sgwter i mewn ar eu holau. Aeth ati i ddiffodd y radio, ond yna dechreuodd 'Picnic mewn Corwynt' chwarae unwaith eto.

"Tro hwnna i ffwrdd – RWÂN!" cyfarthodd y bwystfil.

Sylwodd Betsan fod un o lygaid Esyllt yn fflachio rhwng du a glas.

"Ond ro'n i'n meddwl dy fod ti wrth dy fodd efo'r gân. Bob tro ti'n ei chlywed, ti'n teimlo fel –"

"RWÂN, ddudis i!" rhuodd y bwystfil.

Herciodd at y radio – gan wneud ystumiau wrth iddo agosáu at y sŵn. Yna chwalodd y radio'n ddarnau rhwng crafangau Esyllt. Yn y distawrwydd ddilynodd y cyfan, trodd llygad Esyllt yn ôl yn ddu, ac esmwythodd ei llais unwaith eto.

"Mae'n gas gen i'r gân yna bellach," meddai'r bwystfil.

"Ond be am y cyngerdd?" gofynnodd Betsan. "Roedd 'Picnic mewn Corwynt' yn ffordd mor dda o orffen y sioe."

"Paid â phoeni, 'mechan i. Rydw i wedi meddwl am ddiweddglo fydd yn dwyn anadl pawb," meddai'r bwystfil. Hedfanodd dros Betsan, fel bod crafangau Esyllt yn y lle perffaith i afael ynddi. "Nawr 'te, bydd ddistaw, ac i ffwrdd â ni."

Gwenodd y bwystfil wrth iddo adael y tŷ gyda Betsan yn ei afael. Y tro yma, disgynnodd gornel o big Esyllt i ffwrdd wrth iddo wenu.

Y Castiwr yn y Cymylau

Roedd Betsan yn hedfan yn uchel – yn llythrennol.

Bellach, roedd hi'n uwch nag erioed o'r blaen, oherwydd bod y bwystfil wedi hen fagu hyder yn ei gorff newydd. Fel arfer, arhosai Esyllt yn agos at y llawr, gan wneud ei gorau i gadw Betsan yn ddiogel, ond doedd y bwystfil ddim yn poeni botwm corn am bethau felly. Gwibiodd i mewn ac allan o'r cymylau tamp, gan droelli o bryd i'w gilydd, a chanu caneuon swnllyd nerth llais Esyllt.

O'r uchder yma, edrychai'r dref mor fach, mor bathetig – fel tegan allai gael ei wasgu o dan draed rhywun. Wrth i Betsan edrych i lawr, teimlai fel un o'r archarwyr o'i chomics. Roedd y bobl oddi tani wedi'i gwrthod, ac fe fydden nhw'n dod i ddeall yn fuan iawn y dylien nhw fod wedi gwneud ffrindiau â hi, yn hytrach na'i gwneud yn elyn.

Y mwyaf y meddyliai am Casi, y mwyaf yr hoffai ei syniad newydd – wedi'r cyfan, dyna'n union roedd hi'n ei haeddu am ymosod ar Esyllt. Roedd Betsan wedi disgwyl y byddai'n teimlo'n nerfus wrth deithio i'r cartre plant, ond teimlai'n rhyfeddol o dda mewn gwirionedd.

Ac yna cafodd ei gollwng gan y bwystfil.

Mae'n anhygoel sut mae rhywbeth syml fel cael eich gollwng o uchder mawr yn medru effeithio ar dymer rhywun. Doedd Betsan ddim yn teimlo mor dda o fewn eiliadau o gael ei gollwng, ac wrth iddi chwyrlïo drwy'r awyr, doedd y dref ddim yn ymddangos hanner mor fach na phathetig. Roedd bellach yn edrych yn frawychus o realistig, yn enwedig â hithau'n rhuthro tuag ati ar gyflymder mawr gan sgrechian am ei bywyd.

Bu bron iddi gael ei thrywanu gan do pigog y llyfrgell, ond yna daeth y bwystfil â'i chodi gyda chrafangau Esyllt.

"Pam wnest ti rwbath mor blincin' hurt?" sgrechiodd Betsan.

"Meddwl y byddai'n hwyl," meddai'r bwystfil.

A fyddai Betsan wedi mwynhau'r profiad heb iddi wybod ei bod am gael ei hachub? Doedd hi ddim yn siŵr. Bythefnos yn gynharach, ar ôl un o ddyddiau cicio'r fwced, roedd hi wedi mynnu bod Heddwyn yn ymuno â hi ar gar sglefrio mewn ffair, a mwynhau'n arw – er bod Heddwyn wedi crynu am oriau wedyn.

"Eto," meddai Betsan. "Uwch, tro 'ma."

Fflapiodd y bwystfil adenydd Esyllt a hedfan yn uwch fyth, y tu hwnt i'r cymylau, cyn gollwng Betsan unwaith eto. Y tro yma, roedd ei sgrech yn un o lawenydd.

Fe ddigwyddodd hyn eto ac eto wrth i'r ddau hedfan tua'r cartre plant. Roedd Betsan yn cael hwyl, ac yn gwybod yn iawn y byddai Esyllt yn ei dal bob tro, a'r bwystfil yn hoff o feddwl y gallai Betsan gael ei chwalu yn erbyn y llawr ar unrhyw adeg.

Rhwng sgrechfeydd, craffodd y ddau ar y bobl oddi tanynt oedd yn mynd i'r theatr. Roedd y rhan helaeth ohonyn nhw'n sgwrsio'n llawn cyffro am yr adloniant o'u blaenau. Y diwrnod cynt, fyddai Betsan wedi bod wrth ei bodd yn ymuno â nhw, ond bellach yr unig beth ar ei meddwl oedd dinistrio eu holl hapusrwydd.

Cafodd Betsan ei gadael ger y cartre plant, a dechreuodd y bwystfil hedfan i ffwrdd.

"Hei! Lle ti'n mynd?" gwaeddodd Betsan.

"Wyt ti'n llwglyd?" gofynnodd y bwystfil. Cododd un o grafangau Esyllt a rhechu wy llwydaidd, drewllyd. Ar ôl iddo gracio ar agor, llenwyd y stryd gan arogl pei tatws stwnsh oedd wedi hen bydru. "Mae angen gosod camera yn y theatr – rwy'n darlledu'r perfformiad ar gyfer rhywun arbennig iawn. Mae'n siŵr gen i y medri di ddelio gyda Casi heb fy nghymorth i."

Hedfanodd y bwystfil i ffwrdd, gan wrthod gadael i Betsan ofyn unrhyw gwestiynau am ddarlledu na gwesteion arbennig. Croesodd hithau'r ffordd a gwthio gatiau rhydlyd y cartre plant ar agor.

Roedd Casi'n cynnal ei hymarfer olaf ar y lawnt flaen ar gyfer ei fersiwn arbennig hi o'r cyngerdd. Doedd dim llawer o ots bod dim llwyfan yno, gan ei bod hi'n hapus yn sefyll ar gefn Glyn Clec. Trawai ei asgwrn cefn fel drwm gyda'i chlocsiau wrth weiddi cyfarwyddiadau i'r meicroffon.

"Pan fi'n canu am y catapwlt tro 'ma, fi'n disgwyl mwy o glapio!" cyfarthodd Casi ar y plant, â'u dwylo eisoes yn fflamgoch ar ôl llawer gormod o gymeradwyo. Tynnodd gatapwlt Bethan o'i phoced gefn a'i chwifio o gwmpas. "Dangoswch fwy o werthfawrogiad, neu gewch chi wers arall gen i!"

"O, na, Casi," meddai Iestyn, oedd wedi'i orfodi i eistedd yn y rhes flaen. "Paid, plis. Ddaeth Ffion yn agos at golli llygad yn ystod y 'wers' ddiwetha."

"Wel, be wnewch chi am y peth, felly?" gofynnodd Casi'n ddisgwylgar.

Cymeradwyodd y plant unwaith eto, gan wingo â phoen bob tro y daeth eu cledrau cochion at ei gilydd. Moesymgrymodd Casi'n hir ac yn ddiangen, fel petai hi newydd roi ei pherfformiad gorau erioed. Synhwyrodd Betsan mai dyma oedd ei chyfle.

"Hei, Casi! Ti'n dod 'ta be?" gwaeddodd hithau.

Daeth Casi â'i moesymgrymu i ben er mwyn wfftio Betsan.

"Pwy sy'n meiddio torri ar draws seren wrth ei gwaith?" gofynnodd Casi.

"Fi, yn amlwg. Ti'n dwp neu rwbath?" meddai Betsan.

Safodd Iestyn a gwenu ar Betsan. Dechreuodd chwifio ei ddwy law'n egnïol, yna penderfynu rhoi'r gorau iddi, a stwffio ei ddwylo'n ôl i bocedi ei drowsus theatr gorau.

"Dyna welliant – yn union beth sydd angen!" meddai Casi, gan bwyntio at Iestyn. "Codi ar eich traed wrth gymeradwyo. Jest y peth."

Rhythodd y plant blinedig yn erchyll ar Iestyn, wrth iddyn nhw godi'n araf a churo a chwifio'u dwylo'n frwd. Moesymgrymodd Casi'n hir eto.

"Dim ond deud hylô wrth Betsan o'n i," mwmiodd Iestyn.

Suddodd Casi ei chlocsiau i gefn Glyn.

"Brysia 'te," meddai hithau.

Pesychodd Iestyn a chwarae â'i siwmper, cyn dweud, "Hylô! Be oeddet ti'n feddwl o rifyn diwetha *Galw Gari Crwban*?"

Allai Betsan ddim credu bod Iestyn yn meiddio ymddwyn fel hyn, â hithau'n gwybod yn iawn ei fod yn ei chasáu. Penderfynodd fod yntau'n haeddu tair llygoden fawr yn hytrach na dwy.

"Dwi ddim 'di darllan dy gomic gwirion eto, felly gei di fynd i grafu," meddai, gan achosi i Iestyn syllu'n drist ar ei siwmper. "Ty'd 'laen, Casi. Dwi yma er mwyn dy dywys i'r theatr."

Fflachiodd lygaid Casi. "Y theatr?"

"Ia, mae Mr a Mrs Twmpath wir isio dy weld di," meddai Betsan.

Fflachiodd lygaid Casi'n fwy llachar byth – gan edrych fel petaent ar fin mynd ar dân. "Wyt ti wir yn golygu na fydd angen i mi feddiannu'r llwyfan y tro 'ma? Y'n nhw wir eisiau fy ngweld *i*?"

Profodd Betsan ei chwa gyntaf o euogrwydd, rhywle o dan ei hasennau, wrth weld effaith ei chelwydd ar Casi. Gwnaeth ei gorau i fygu'r teimlad wrth dynnu'r rhaff arian o'i bag.

"Roedd dy rieni'n mynnu fy mod i'n clymu dy freichia efo hwn," meddai Betsan. "Dim syniad pam."

"Theatr arbrofol yw e, Betsan. Fyddwn i ddim yn disgwyl dy fod *ti'n* deall," meddai Casi, yn ei llais mwyaf rhodresgar. Camodd oddi ar gefn Glyn. "Rwy'n mynd i chwarae rôl allweddol ym mherfformiad heno, mae'n rhaid."

Rhoddodd Betsan gynnig ar wneud cwlwm llac, ond roedd gan y rhaff syniad arall, ac aeth ati i'w chlymu ei hun yn dynn o amgylch arddyrnau Casi. Tynnodd Betsan y sgwter o'i bag, ei agor, a'i osod ar y cyflymder arafaf, yn awyddus i osgoi taflu Casi i ganol y ffordd wrth deithio.

Wrth hedfan drwy'r awyr, roedd Betsan wedi meddwl y byddai'r foment yma'n un i'w thrysori, ond yn hytrach, teimlodd yn lletchwith ac yn llawer mwy euog. Wrth i'r ddwy wibio ymhell o'r cartre plant, gwnaeth Betsan bwynt o atgoffa ei hun bod Casi'n haeddu popeth oedd ar fin digwydd iddi.

Yr Atgofion Poenus

Doedd Heddwyn erioed wedi casáu dilledyn cymaint â hyn. Cofiodd am gyfnod yn y ddeunawfed ganrif pan oedd o wedi teimlo'n ddifater iawn am steil arbennig o het oedd mewn ffasiwn ar y pryd, ond doedd hynny'n ddim i'w gymharu â'i atgasedd tuag at y crys â'r botymau aur.

Cafodd Heddwyn ei orfodi gan y crys i wylio'r teledu oedd wedi'i gysylltu i'r llyfr atgofion. Bob tro iddo roi cynnig ar siarad dros yr atgofion, aeth y crys ati i'w grogi. Bob tro iddo lusgo ei wyneb i ffwrdd o'r sgrin, tynhaodd y crys o amgylch ei frest, neu wneud i'w groen gosi'n ddi-baid.

Roedd yr atgofion hapus am y bwystfil wedi dod i ben, felly dechreuodd y teledu ailchwarae'r rhai o'r llyfr roedd Heddwyn wedi'u gweld yn barod. Dangosodd glipiau o'r bwystfil yn dynwared y Frenhines Fictoria'n lled dda, a'i ymdrechion i sicrhau bod Heddwyn yn gwisgo'n well na neb arall yn oes cerddoriaeth *jazz* a'i dillad sionc. Daeth clipiau o'r bwystfil yn chwydu caeadau ffenest cadarn, er mwyn amddiffyn y tŷ rhag bomiau'r Ail Ryfel Byd, ac yn chwydu chwaraewyr recordiau er mwyn sicrhau bod y tŷ ar flaen y gad yn ystod yr oes ddisgo. Aeth y llyfr mor bell â dangos y bwystfil yn chwydu'r piano cyngerdd bach, yn ddiweddar iawn.

Wrth weld yr atgofion am y tro cynta, ychydig ddyddiau'n ôl, roedd y profiad wedi cynhyrfu Heddwyn, er nad oedd yn fodlon cyfadde'r peth. Erbyn hyn, roedd yr atgofion yn ei ffieiddio. Does dim byd fel cael eich herwgipio a'ch arteithio i newid eich barn.

Yr oll roedd Heddwyn yn medru meddwl amdano oedd dianc gyda Betsan, a rhoi digon o bellter rhyngddyn nhw a'r bwystfil. Roedd y gyfrinach yn cuddio'n rhywle yn y marciau oedd wedi'u gadael yn y llawr gan grafangau Esyllt. Geiriau oedden nhw, a'r geiriau oedd:

DY ATGOFION DI YW RHAIN. DEFNYDDIA NHW.

I ddechrau, cymerodd Heddwyn mai tric creulon arall gan y bwystfil oedd y neges, ond wrth barhau i'w astudio, dechreuodd feddwl mai Esyllt oedd yn gyfrifol am y geiriau – neu beth bynnag oedd ar ôl ohoni y tu mewn i'r bwystfil, o leiaf.

Ceisiodd Heddwyn feddwl eto ac eto am sut y gallai ddefnyddio ei atgofion er mwyn dianc, ond doedd o ddim yn medru gwneud synnwyr o'r peth. Roedd yn arbennig o flin, ac yn gwybod na fyddai'n medru byw yn ei groen heb iddo achub Betsan. Doedd o erioed wedi awchu am unrhyw beth yn fwy na chael gweld y ferch fach unwaith eto.

Wrth i Heddwyn feddwl cymaint roedd o'n hiraethu am Betsan, dechreuodd y darluniau yn y llyfr atgofion newid, ac yn fuan roedd y set deledu'n dangos clipiau fideo ohoni. Ond gan nad y bwystfil oedd yn ganolog i'r atgofion, roedden nhw'n rhai anghynnes dros ben.

Yn y llyfr, gwelodd Heddwyn ei hun yn casglu Betsan o'r cartre plant, pan oedd hi wedi gweld bai ar ei chwibanu, gwneud llanast aruthrol yn ei dŷ, a mynnu bwyta dim byd ond cacen siocled. Yna gwelodd Betsan yn defnyddio'r siocled er mwyn dwdlan dros ei hoff ddarnau o gelf. Yn dilyn hynny, daeth digonedd o glipiau o Betsan yn ei alw'n enwau fel 'twmffat', 'pen dafad', a 'Mistar Snichyn', cyn i'r llyfr atgoffa

Heddwyn o'i deimladau o ddicter wedi i Betsan wneud rhywbeth oedd yn amharu ar ei fywyd cyfforddus.

Er holl ymdrechion y llyfr, roedd Heddwyn yn llawer hapusach yn gweld Betsan ar ei gwaethaf na gweld y bwystfil ar ei orau erchyll. Yn rhyfeddach fyth, roedd fel petai'r clipiau fideo o Betsan yn effeithio ar y crys a'r eitemau eraill hefyd. Dechreuodd popeth wingo a wiglo – gyda chyfeillgarwch Heddwyn a Betsan yn eu gwneud yn eithriadol o anghyfforddus. Dyma'n union sut roedd y llyfr atgofion a'r crys wedi ymateb wrth i Heddwyn roi cynnig ar wneud daioni – doedd yr un o'r pethau bwystfilaidd yn mwynhau bod yn agos at unrhyw beth da neu bur.

Llenwodd llygaid Heddwyn â dagrau wrth weld wyneb Betsan, ond yna dechreuodd y sgrin newid eto. Disgwyliodd weld cyfres newydd o atgofion drwg am Betsan yn ymddangos, ond yn hytrach gwelodd y bwystfil.

Roedd yn siarad yn fyw o ystafell wisgo'r theatr, ac yn edrych yn syth i gamera wedi'i osod ganddo'i hun. Gwelodd Heddwyn fod pig Esyllt wedi plygu y tu hwnt i adnabyddiaeth a'i chorff wedi'i orchuddio â briwiau a chleisiau. Roedd plu'n disgyn o'i chorff fel petalau o rosyn marw.

"Esgusoda fy edrychiad i. Fydda i ddim yn edrych fel hyn yn hir," meddai'r bwystfil. "Yn fuan, bydd fy ffurf ysblennydd yn ôl, ond dwi am aros fel parot am rŵan. Dyna ddigri fydd bwyta Betsan wrth i mi wisgo wyneb yr unig ffrind sy ganddi ar ôl! Ti'm yn meddwl?"

Reslodd Heddwyn yn erbyn y crys, a gweiddi mewn sibrydion croch.

"Be ti'n ddeud?" gofynnodd y bwystfil, wrth ddod â chlust Esyllt yn agosach at y camera. "Gofyn am daith unigryw o amgylch y theatr wyt ti?"

Aeth y sgrin yn sigledig, wrth i'r bwystfil godi'r camera gydag adenydd Esyllt a cherdded at y llwyfan. Symudodd y camera o un ochr i'r llall, gan ddangos bod y piano cyngerdd bach wedi'i guddio y tu ôl i'r llenni.

"Wnes i fynnu bod o'n cerdded yma o'r siop adar, ar ben ei hun bach," meddai'r bwystfil. "Dwi'n meddwl y bydd o'n ychwanegu eitha dipyn o steil i'r noson."

Cerddodd y bwystfil ymhellach i fyny'r llwyfan. Clywodd Heddwyn sisial cyffrous y gynulleidfa, a gweld eu hwynebau wrth i'r bwystfil wthio'r camera rhwng y llenni.

Edrychai fel petai pawb yn y dref wedi'u gwasgu i seddi hen ffasiwn Theatr Twmpath. Yn y sedd flaen roedd Elystan yn eistedd gyda gweddill y Wystrysod, ac yn gwisgo crys newydd crand, wedi'i brynu gydag arian Heddwyn. Ambell res y tu ôl iddo eisteddai'r fadfall-ddynes a Mostyn ap Tegell, a Mr a Mrs Twmpath ychydig resi'n ôl eto. Roedd y ceidwad adar yn y rhesi uchaf gydag Alun y Golomen ar ei lin, yn dadlau gyda Miss Cawdel am bris ei chnau calonnog.

"Sbia arnyn nhw," meddai'r bwystfil. "Wedi dod i gael noson fythgofiadwy yn y theatr, a dyna'n union gawn nhw. Y munud mae Betsan yn dod â Casi drwy'r drysau 'na ..."

Gwaeddodd Heddwyn nerth ei lais, a reslo yn erbyn y crys eto.

"Shh, shh – paid â phoeni. Dwi'n gwbod dy fod ti'n awchu am gael cychwyn y sioe hefyd," meddai'r bwystfil, gan grechwenu trwy big cam Esyllt. "Dwi'n gaddo ailddechrau'r darllediad yn fuan iawn."

Chwythodd y bwystfil gusan trwy big Esyllt. Yna diffoddodd y camera.

Aeth sgrin y teledu'n ddu. Ychydig eiliadau'n ddiweddarach, fflachiodd yn fyw eto gyda mwy o ddelweddau o'r llyfr atgofion. Roedd y rhai yma'n glipiau o Betsan yn sgrechian ar Heddwyn yn dilyn y parti ymddiheuro.

Edrychodd Heddwyn eto ar y neges roedd Esyllt wedi'i gadael:

DY ATGOFION DI YW RHAIN. DEFNYDDIA NHW.

Daeth syniad i'w ben. Caeodd ei lygaid, a chanolbwyntio ar ei atgofion go iawn o Betsan – y rhai oedd yn dangos eu gwir gyfeillgarwch.

Meddyliodd am y diwrnod cicio'r fwced cyntaf un, pan aethon nhw ati i sarhau gwarchodwyr Palas Buckingham. Aeth ei feddwl yn ôl rai dyddiau, y ddau'n chwerthin ar ôl camgymryd bwyta cawl a golchi dillad am wneud daioni, ac yna cofiodd am yr holl droeon iddi osod ei hoff gomic ar y bwrdd, neu geisio dangos iddo sut oedd rhoi menyn ar fara neu blygu napcynau'n gywir. Yn olaf, cofiodd am y tro diwethaf i'r ddau fod yn hapus, wedi iddo sôn wrthi am wneud daioni mewn camgymeriad, a hithau'n edrych tuag ato gyda chymaint o syndod a balchder.

Agorodd Heddwyn ei lygaid a gweld mai'r olwg yna ar wyneb Betsan oedd bellach wedi'i phlastro ar y set deledu. Ac yna dechreuodd ei holl atgofion eraill fflachio ar y sgrin.

Doedd y pethau bwystfilaidd ddim yn hoff o weld yr adegau anodd yng nghyfeillgarwch Heddwyn a Betsan, ond roedden nhw'n *casáu* gweld yr adegau da.

Llaciodd y crys o amgylch corff Heddwyn, fel petai ganddo alergedd i'r set deledu. Reslodd Heddwyn gyda'i holl egni a'i rwygo'n rhydd o'i frest, gan dasgu botymau aur ar hyd y llawr.

Ymatebodd y pethau eraill yn yr un ffordd. Ffrwydrodd y llyfr atgofion yn fflamau gleision, gan ledaenu at y goeden Nadolig oedd yn ei haddurno ei hun, ei brigau'n troelli o amgylch y boncyff fel peth o'i go. Yn ei dro, rhoddodd y goeden ambell eitem arall ar dân – gan achosi i Wynff yr hwyaden rwber doddi, ac i'r siwt astronot bylu'n ddim, fel seren yn marw. Saethodd crac i lawr y set deledu ei hun, fel petai'n methu dioddef dangos y fath ddelweddau llon.

Doedd Heddwyn erioed wedi meddwl y byddai mor falch o ffarwelio ag anrhegion y bwystfil. Gwibiodd ar draws yr ystafell a chau drws yr atig y tu ôl iddo gyda chlep. Rhedodd ar hyd y coridorau a llithro i lawr y canllawiau. Wedi iddo gyrraedd y llawr gwaelod, synnodd wrth glywed cloch y drws yn canu.

Gobeithiodd weld Betsan yn sefyll y tu hwnt i'r drws, ond yn hytrach, dyna ble roedd Mr Pynshi. Gwisgai'r hen ddyn siwt goch oedd wedi gweld dyddiau gwell, ac roedd wedi sgrwbio ei ffyn cerdded nes eu bod yn sgleinio. Yn ei char, o flaen y tŷ, eisteddai Sharon y nyrs.

"Ti'n edrych yn ofnadwy," meddai'r hen ddyn.

"Dwi'n bell o fod ar ben fy nigon," crawciodd Heddwyn.

"Cymera un o rhain." Ymbalfalfodd yr hen ddyn yn ei boced, cyn dod o hyd i focs o losin annwyd.

Doedd Heddwyn ddim yn meddwl y gallai peth mor fach ddad-wneud effaith diwrnod cyfan o gael ei grogi, ond ar ôl sugno'r losin am rai eiliadau, roedd ei wddw'n teimlo'n rhyfeddol o llyfn. Gallai siarad yn gall unwaith eto, a dechreuodd y cleisiau o amgylch ei wddw bylu'n ddim.

"Losin hud yw'r rhain?" gofynnodd Heddwyn.

"Peidiwch â siarad dwli. Losin gwyddonol ydyn nhw. Rysait arbennig Aerona." Astudiodd yr hen ddyn gorff

Heddwyn, o'i gorun i'w sawdl, cyn gofyn mewn llais yn diferu â phoen, "Anghofiaist ti amdana i, felly?"

"Na, na, wrth gwrs ddim. Wel, a dweud y gwir ... do. Roeddwn i braidd yn brysur," meddai Heddwyn.

"Dim ots gen i. Addewaist ti fynd â mi am drip i'r theatr, a rydw i wedi bod yn edrych ymlaen drwy'r dydd," meddai'r hen ddyn. "Tafla grys amdanat ti a tyrd mas pan wyt ti'n barod. Fydda i ddim yn hapus os gollwn ni'r ddechrau'r sioe."

Y Nerfau Cyn y Sioe

"Wnei di lacio'r rhaff 'ma?" gofynnodd Casi. "Mae actio'n amhosib heb chwifio dwylo fel rhywun o'i go!"

Roedd ganddyn nhw daith o ryw bum munud i'r theatr. Daliodd Betsan i sgwtera'n eithriadol o araf, a sawl car yn pasio wrth ganu corn. Pasiwyd nhw gan fws o'r cartre plant, hyd yn oed, yn cludo Glyn a gweddill y criw.

Fel arfer, byddai Casi wedi gwneud stŵr mawr am y fath beth, ond roedd hi mewn tymer freuddwydiol iawn ar ôl yr hyn ddywedodd Betsan wrthi.

"Yw Mami a Dadi wir eisiau fy ngweld i?" gofynnodd Casi, wrth i'r ddwy barhau â'u taith tua'r theatr. "Beth oedd eu hunion eiriau?"

"Ddudodd un bod nhw isio gweld chdi. 'Ocê', medda'r llall," meddai Betsan.

"Ocê ... dyna beth hyfryd i'w ddweud," meddai Casi gan ochneidio'n hapus. "Beth am eu hwynebau? Sut oedden nhw'n edrych wrth ddweud y fath beth?"

"Dwn i'm. Fel pobl normal yn deud petha normal," meddai Betsan, oedd yn dal i deimlo'n euog. "Rho'r gora i ofyn cwestiyna gwirion."

"Paid ti â bod yn ddigywilydd. Oes rhaid i mi dy atgoffa di mai fi yw'r talent, a ti yw'r gyrrwr?" meddai Casi. "Dyw'r ffaith fod dy rieni wedi marw mewn tân ddim yn rhoi'r hawl i ti fod yn chwerw."

"Well gen i rieni meirw sy'n fy ngharu na rhieni byw sy ddim yn malio," meddai Betsan.

Gresynodd ei bod wedi dweud hyn yn syth, gan ei bod yn well colli rhai dadleuon na'u hennill nhw. Gobeithiodd Betsan y byddai Casi'n ymateb gyda rhywbeth mwy annifyr fyth, ond distawrwydd oedd yr unig beth ddaeth yn ôl.

"Roeddet ti'n haeddu hwn'na," meddai Betsan. Ymdrechodd i edrych i lygaid Casi, ond roedd ei hwyneb wedi troi i ffwrdd.

"Rwy'n haeddu dim llai na chymeradwyaeth a blodau gan fy edmygwyr annwyl!" meddai Casi.

"Na. Ti'n haeddu gwaeth na hynny," meddai Betsan. Roedd hi'n dal i geisio'i darbwyllo ei hun ei bod yn gwneud y peth iawn. "Tasat ti'n fwy caredig wrth bawb yn y cartre plant, ella y bysa gen ti dipyn mwy o edmygwyr."

"Am beth wyt ti'n sôn, dwed? Mae'r plant eraill yn fy ngharu i!" meddai Casi.

"Ydyn, tua'r un faint â dy rieni," meddai Betsan yn goeglyd.

Unwaith eto, teimlodd Betsan edifeirwch yn saethu trwyddi. Mae bod yn greulon i'ch gelynion fel torri'ch braich i ffwrdd er mwyn eu taro nhw – yn y pen draw, dim ond chi sy'n cael eich brifo.

"Doedd gen i ddim syniad dy fod ti mor anghynnes," meddai Casi.

"A deud y gwir, tan yn ddiweddar, ro'n i'n trio ymddwyn yn well," meddai Betsan.

"Dyw e ddim yn gweithio," meddai Casi. "Ac wyt ti wir yn meddwl nad oes gen i edmygwyr? Rwy'n arbennig o hael gyda fy amser. Does dim llawer o enwogion fyddai'n gadael i'w cynulleidfa chwarae rhan mor bwysig yn eu gyrfa."

"Ti'n rhedeg rownd y cartre plant ar eu holau nhw efo catapwlt," meddai Betsan.

"Darganfod fy nghymeriad ydw i!"

"Ac yn mynnu eu bod nhw'n dy gario i bobman ar orsedd."

"Rwy'n eu cynnwys nhw yn y broses artistig!"

"Mae pob un wedi brifo'u dwylo wrth glapio a pharatoi dy wisgoedd hurt di."

"Nid fy mai i yw e bod neb yn medru gwnïo neu gymeradwyo'n iawn, ac mae rheiny'n sgiliau hollbwysig."

Oedd Casi wir ddim yn deall faint roedd pawb yn ei chasáu? Dechreuodd Betsan dosturio wrthi, ond yna cofiodd pam ei bod yn gyrru Casi i'r theatr yn y lle cyntaf.

"Fy mharti ymddiheuro ... wnest ti rwystro pawb rhag dod," meddai Betsan.

"Pa barti?" gofynnodd Casi.

"Paid ti â smalio bod yn dwp," meddai Betsan.

"Dydw i ddim yn 'smalio' gwneud unrhyw beth," meddai Casi. "Dydw i byth yn cael gwahoddiad i bartïon – oherwydd bod pawb yn meddwl fy mod i'n seren rhy fawr, mae'n debyg. Ond mewn gwirionedd, fyddwn i wrth fy modd yn mynd i gymaint o bartïon â phosib, gan fod yr holl dorfeydd yn rhoi cyfle perffaith i mi ymarfer fy nghaneuon a'm dawnsfeydd."

Trodd Betsan ei phen. Roedd Casi'n actores ofnadwy, ac fe ddylai Betsan fod wedi medru dweud a oedd hi'n rhaffu celwyddau ai peidio. Roedd yn ymddangos ei bod hi o ddifri'n llwyr.

"Na," meddai Betsan. "Ti'n dallt yn union am be dwi'n sôn. Nesa, fyddi di'n honni dy fod ti erioed wedi curo Esyllt."

"Curo Esyllt? Fyddwn i ddim yn gwneud y fath beth – hyd yn oed i feirniaid theatr," meddai Casi. "Fyddwn i ddim yn peryglu fy nwylo prydferth i. Fel y dywedais i, mae chwifio dwylo'n hollbwysig i'r broses."

Taflodd Betsan olwg dros ei hysgwydd eto wrth iddyn nhw agosáu at y theatr. Edrychodd ar ddwylo Casi a gweld bod dim olion cleisiau na briwiau arni a fyddai wedi dod wrth iddi daro Esyllt yn ei phig.

"Mae chwifio dwylo'n ganolog iawn i'r gân 'ma am y catapwlt," meddai Casi. "Wyt ti eisiau clywed?"

Gafaelodd Betsan yn galetach yng nghyrn ei sgwter wrth iddi geisio gwneud synnwyr o'r cyfan. Roedd Casi'n amlwg yn dweud y gwir – ond doedd hynny ddim yn bosib, gan fod hynny'n golygu mai Esyllt oedd yn dweud celwydd ...

"Wrth gwrs dy fod ti. Wel, dyma ni. Dychmyga dy fod ti'n fy ngwylio'n dawnsio'r glocsen yn urddasol wrth i mi ganu'r gytgan," meddai Casi.

"'Miaw' medda'r gath, ac 'aw' meddech chi
Wedi i mi saethu gyda 'nghatapwlt i,
Ond beth sy'n digwydd wrth i mi saethu'r gath?
Wel, mae'n dweud 'miawawawawaww' yr un fath."

"Rwy'n gobeithio bydd y gynulleidfa'n ymuno'n y darn olaf. Wyt ti'n ei hoffi?"

"Dwi ddim yn licio hyn o gwbwl," meddai Betsan.

Rhoddodd gynnig ar osgoi'r theatr yn llwyr, ond roedd gan y sgwter syniadau eraill. Parhaodd i anelu ei olwynion yn ei flaen, a chyflymu'n sydyn.

"'Co ni off!" gwaeddodd Casi. Dechreuodd wneud mwy o weiddi, ond doedd Betsan ddim yn medru clywed gair gan eu bod nhw'n gwibio mor gyflym drwy'r awyr.

Arafodd y sgwter o'r diwedd y tu mewn i gyntedd Theatr Twmpath – drws nesaf i stondin Miss Cawdel. Llamodd Casi

oddi ar y sgwter gan foesymgrymu'n isel, a rhoi gwybod i Miss Cawdel y byddai'n medru rhoi ei llofnod iddi wedi iddi ddatglymu ei dwylo.

"Ti?!" meddai Miss Cawdel. Ond er cryn siom i Casi, â Betsan roedd hi'n siarad. "Alla i ddim credu dy fod ti'n meiddio dangos dy wyneb fan hyn!"

"Ddrwg gen i, Miss Cawdel, ond does gen i ddim amser i –" cychwynnodd Betsan.

"Yn ddrwg *iawn* gen ti, fyswn i'n meddwl. Ti a'r parot 'na," meddai Miss Cawdel. "Dwi am orfod sgwrio fy siop yn lân o olion plu piws a llyffantod am wythnosa!"

"Plu piws? Yn dy siop fferins?" gofynnodd Betsan. Teimlodd fel petai'r byd yn disgyn yn ddarnau o'i hamgylch.

"Wel, mae hyn oll yn hynod o ddiddorol, ond mae gen i sioe i'w pherfformio," meddai Casi. "Nawr, os nag y'ch chi'n meindio, wna i – rarrrrrrg!"

Dechreuodd Casi rarrrrrrgio oherwydd bod y rhaff arian wedi dechrau ei llusgo tua'r llwyfan. Rhedodd Betsan ar ei hôl, gyda Miss Cawdel ddryslyd iawn yn dilyn.

Yn naturiol, roedd y gynulleidfa'n meddwl bod yr ymddygiad rhyfedd yma'n golygu bod y cyngerdd ar gychwyn. Pylodd Mr a Mrs Twmpath y goleuadau, a dechreuodd pawb gymeradwyo a gweiddi hwrê yn angerddol.

Cafodd Casi ei llusgo gan y rhaff arian nes iddi sefyll yn union o flaen y llwyfan, cyn cael ei throi i wynebu'r llenni melfed gwyrdd.

Ar ôl i holl sŵn y gynulleidfa bylu'n ddim, agorodd y llenni'n araf. Roedd y llwyfan wedi'i bentyrru â digon o blu i lenwi ffatri glustogau. O flaen y piano safai creadur erchyll, hanner ffordd rhwng bwystfil a pharot.

Yn hytrach na thraed, roedd ganddo grafangau. Ac yn hytrach na cheg, roedd ganddo hanner pig. Roedd un hanner o'i gorff wedi'i orchuddio â phlu, tra bod y gweddill yn llwyd ac yn flonegog.

"Noswaith dda, foneddigion a boneddigesau. Croeso i fy sioe!" meddai'r bwystfil. "Gobeithio'n wir eich bod chi'n eistedd yn gyfforddus. Mae hwn am fod yn dipyn o berfformiad!"

"O na," meddai Betsan. "Esyllt ..."

Yr Hunllef yn y Theatr

Neidiodd y bwystfil ar ben y piano cyngerdd bach, a chwydu meicroffon hen ffasiwn. Rhoddodd y gynulleidfa floedd arall o lawenydd, gan feddwl bod hyn oll yn rhan o'r cyngerdd. Aeth Iestyn mor bell â sefyll a chlapio, gan ei fod yn ffan mawr o hud a lledrith.

Chwaraeodd y piano ychydig o gerddoriaeth ysgafn, wrth i'r bwystfil siarad mewn llais esmwyth a llithrig i mewn i'r meicroffon.

"Foneddigion a boneddigesau, mae enaid y sioe 'ma wedi newid y mymryn lleia," meddai'r bwystfil. Disgynnodd ei un adain i ffwrdd, a dechreuodd braich fach fwystfilaidd dyfu yn ei lle. "Dwi'n gwbod mai *Sioe Fawr Padrig* oedd ar yr holl bosteri, ond dwi wedi penderfynu defnyddio fy amser

gwerthfawr er mwyn canolbwyntio ar rywun gwahanol iawn. Foneddigion a boneddigesau, rhowch groeso i'r un – yr unig un – Betsan!"

Pwyntiodd y bwystfil ei fraich newydd tuag at Betsan, gan achosi i holl oleuadau'r theatr ddisgleirio'n llachar ac yn boeth i'w llygaid. Cymeradwyodd a bloeddiodd y gynulleidfa unwaith eto, er bod yr un ohonyn nhw'n malio llawer amdani bellach.

Cododd Betsan law i'w hwyneb – yn rhannol er mwyn blocio'r golau, ond yn bennaf er mwyn osgoi gweld Esyllt yn troi'n fwystfil. Esyllt oedd y parot doethaf, a'r parot gorau, iddi ei nabod erioed. Yn bwysicach fyth, roedd hi wedi bod yn un o dri ffrind iddi – dechreuodd deimlo'n flin iawn â'i hun am beidio sylwi ar ei thrawsnewidiad.

"Diolch am eich brwfrydedd, foneddigion a boneddigesau, ond mae gen i ofn eich bod yn gwneud y synau cwbwl anghywir yn eich holl gyffro," meddai'r bwystfil, gan ysgwyd ei ben hanner pluog a hanner blonegog. "Dydi Betsan ddim yn haeddu cymeradwyaeth a sgrechfeydd o lawenydd. Unwaith i chi weld be sy yn ei meddiant, dwi'n siŵr y byddech chi'n cytuno bod gweiddi bŵ yn fwy addas. Agora dy fag er mwyn i'r gynulleidfa hyfryd gael gweld, Betsan."

Teimlodd Betsan lygaid pawb yn y theatr yn troi tuag ati. Yn fuan iawn, dechreuodd y gynulleidfa lafarganu, yn mynnu ei bod yn agor y bag. Ymunodd Iestyn, hyd yn oed, gan gymryd bod Betsan yn rhan o gastiau'r bwystfil.

"Does dim dianc, Betsan. Waeth i ti ddatgelu'r gwir rŵan, neu fydd rhaid i fi ddod yna a'i ddatgelu fy hun," meddai'r bwystfil.

Doedd Betsan ddim yn teimlo fel hi ei hun wrth dynnu'r bag oddi ar ei chefn. Roedd holl ergyd y gwir bwystfilaidd wedi gwneud iddi deimlo fel cragen wag – yn fwy o byped na merch ifanc.

Wrth i'r llygod mawr a'r pegiau trwyn ddisgyn allan, gwelodd holl ddigwyddiau'r dyddiau diwethaf yn glir ar ôl dysgu am gynllun y bwystfil. Deallodd sut roedd popeth wedi'i drefnu'n ofalus – y parti ymddiheuro, y llyffantod yn siop Miss Cawdel, ymddygiad rhyfeddol o garedig yr holl bethau bwystfilaidd, 'sioc fawr' Casi, a hyd yn oed *Sioe Fawr Padrig* ei hun – y cyfan yn anelu'n bwrpasol at yr un foment yma.

"Ella bod rhai ohonoch chi wedi clywed bod Betsan wedi rhoi'r gorau i'w hymddygiad drwg, ond dwi yma i ddeud yn glir bod hyn yn gelwydd," meddai'r bwystfil. "Welwch chi'r llygod mawr? Maen nhw yma er mwyn iddi ollwng bom o ddrewdod erchyll ar bob un ohonoch chi!"

Safodd Mostyn ap Tegell, a phoeri rhwng ei ddannedd aur.

"Mae'n wir!" meddai. "Wedi dod o ... o ryw siop leol, debyg iawn. Alla i ddim credu ei bod hi am eu defnyddio nhw yn fy erbyn i!"

"Dyna ddiddorol," meddai'r bwystfil, bron yn canu grwndi yn ei lawenydd. "Allwch chi weld unrhyw beth diddorol arall yn disgyn o fag Betsan, sgwn i?"

Trodd y gynulleidfa i astudio'r holl bethau oedd wedi'u tasgu ar lawr ger traed Betsan, ond Miss Cawdel oedd y cyntaf i ddeall ystyr geiriau'r bwystfil. Plygodd a chodi darn o bapur wedi rhwygo, ac arno enwau a rhifau ffôn arolygwyr iechyd.

"Rŵan 'ta Betsan, pam yn y byd fysat ti isio'r holl rifau 'na?" gofynnodd y bwystfil.

"Ar ôl y cyngerdd, ro'n i am fynd â'r llygod mawr at y siop fferins," meddai Betsan. Siaradodd mewn llais fflat, fel petai'n darllen o lyfr Daearyddiaeth diflas. Roedd hi'n gwybod ei bod hi wedi'i churo. "A ffonio'r arolygydd iechyd, fel eu bod nhw'n gweld y llygod mawr yn y siop cyn i Miss Cawdel allu gwneud unrhyw beth."

"Betsan! Fyswn i wedi gorfod cau fy siop!" meddai Miss Cawdel.

"Feddyliais i ddim am hynny," meddai Betsan. Syllodd i lawr ar ei hesgidiau, yn methu edrych i fyw llygad unrhyw un ar ôl gwneud cymaint o ddrygioni. "Ro'n i isio ti wbod sut deimlad oedd cael bai ar gam."

Roedd y gynulleidfa bellach yn llwyr gefnogi syniad y bwystfil am weiddi bŵ. Ac wrth iddyn nhw wneud, safodd mwy o'r dorf ar eu traed er mwyn cadarnhau bod Betsan yn ddihiryn.

"Fe wnaeth hi gynnig gwirfoddoli yn fy siop!" meddai'r ceidwad adar, gydag Alun y Golomen yn clochdar ei gytundeb. "Ac mae'n siŵr ei bod hi wedi cynllunio gwneud rhywbeth yr un mor gas i fi!"

"Fe wnaeth hi a'i ffrind werthu crys i mi oedd am fy ngwaed!" gwaedodd Elystan Wystrys.

"A gyrru Casi Twmpath ar fy ôl i efo catapwlt!" meddai Glyn.

"Mae 'na EITHA DIPYN o faw eliffant ar goll o'r sw!" crawciodd y fadfall-ddynes, gan achosi ychydig o ddryswch yn y gynulleidfa, gan ei bod hi'n gwrthod rhoi unrhyw fath o gyd-destun i'r datganiad rhyfedd yma.

Agorodd y bwystfil big Esyllt yn llydan, ac anadlu'r holl gasineb i mewn, gan fwydo ar yr holl sylwadau erchyll. Roedd wrth ei fodd bod y gynulleidfa gyfan ar ei ochr.

"Dim ond rhan fach o'i natur ofnadwy sy'n cael ei datgelu gan yr holl gastiau 'ma," meddai'r bwystfil. "Ac mae gweddill y stori am eich dychryn i'r byw."

Wiglodd ei fysedd a defnyddio'r rhaff arian i lusgo Casi ar y llwyfan.

"Mae Betsan yn casáu'r ferch fach 'ma. A deud y gwir, mae hi'n ei chasáu hi gymaint fel ei bod hi wedi cynnig fy mod i'n ei bwyta yn ystod y sioe," meddai'r bwystfil, gan beri i'r gynulleidfa gyfan ebychu mewn braw. Crynodd wefus isaf Casi wrth iddi sylweddoli nad oedd ei rhieni eisiau ei gweld wedi'r cyfan. "Yn naturiol, roeddwn i'n mynnu nad o'n i am wneud y fath beth. Ond doedd Betsan ddim yn fodlon gwrando, a dyma Casi druan ar y llwyfan o'ch blaen. Aeth hi mor bell â fy nyrnu i mewn ymgais i newid fy meddwl."

"NA – dydi o ddim yn wir! Wnes i ddim ..." cychwynnodd Betsan. Daeth y frawddeg i ben yn gynnar, gan ei bod yn gwybod na fyddai unrhyw beth a ddywedai'n gwneud gwahaniaeth.

Safodd Mr a Mrs Twmpath yng nghefn y theatr.

"Peidiwch â bwyta ein merch ni!" meddai Mr Twmpath.

"Fe fyddai hynny'n amharu'n ddirfawr ar enw da'r theatr!" meddai Mrs Twmpath.

Eisteddodd y ddau eto, gan deimlo eu bod nhw wedi gwneud popeth o fewn eu gallu i achub bywyd eu merch. Wiglodd y bwystfil ei fysedd a llusgo Casi'n agosach at ei geg, wrth iddi sgrechian a gwingo yn erbyn y rhaff arian.

"Foneddigion a boneddigesau, dwi ddim yn siŵr amdanoch chi, ond dwi'n meddwl bod Betsan yn haeddu ryw fath o gosb ..."

Rhuodd y gynulleidfa mewn cytundeb.

"Mae hi angen dysgu bod neb yn cael brifo pobl y dref 'ma a chael dianc yn ddianaf ..."

Rhuodd y gynulleidfa'n fwy swnllyd byth. Dechreuodd Alun y Golomen glochdar yn uwch nag erioed.

"... a dyna pam, foneddigion a boneddigesau, fy mod i am fwyta Betsan yn fyw, ar yr union lwyfan yma – heno!"

Lledaenodd y bwystfil ei ddwylo bychain, a pharatoi i ymfalchïo mewn ffrwydrad o gymeradwyaeth gyfiawn. Yn hytrach, rhoddodd y gynulleidfa'r gorau i ruo a chlochdar yn syth. Cymerodd y bwystfil nad oedden nhw wedi clywed ei syniad campus.

"EI BWYTA HI'N FYW, medda fi!" bytheiriodd unwaith eto.

Arhosodd y theatr yn dawelach na llyfrgell wag. Disgynnodd sawl ceg ar agor mewn arswyd pur.

"O, dewch 'mlaen, peidiwch â cholli'r brwdfrydedd," meddai'r bwystfil. Roedd yn casáu'r teimlad o golli gafael ar y gynulleidfa. "Mae pawb yn gwbod ei bod hi'n haeddu hyn."

Camodd Betsan yn ei blaen. Hi oedd yr unig un yn y theatr oedd yn dal i fedru siarad.

"Ydw, yn sicr," meddai hithau. "Wna i ddim ymladd yn dy erbyn di, os wnei di adael i bawb arall fynd."

Cerddodd Betsan tuag at y llwyfan. Dechreuodd yr ochr barotaidd o gorff y bwystfil wingo wrth weld y fath anhunanoldeb.

"Paid ti â dechra. Paid â meiddio troi hwn yn ffordd o wneud daioni," meddai'r bwystfil, gan wingo'n ffyrnicach wrth i Betsan gamu'n agosach ac yn agosach. "Un ddrwg wyt ti! Yn union fel fi – dwi newydd brofi'r peth!"

Dechreuodd y dorf sibrwd ymysg eu hunain. Roedd Betsan yn medru bod yn anodd, ond aeth hyd yn oed y fadfall-ddynes mor bell â gofyn i'w hun a oedd hi'n haeddu cael ei bwyta'n fyw.

"O, drat, rhowch y gorau iddi!" meddai Iestyn, gan sefyll ar ei draed. "Dydi Betsan ddim yn haeddu cael ei –"

Daeth cân y piano i ben heb rybudd, a sgyrnygodd y bwystfil drwy weddillion pig Esyllt. Chwydodd ambarél fawr felen, a'i gyrru'n hedfan uwchben Iestyn.

"Ma pobl sy'n siarad yn y theatr yn haeddu cael eu troi'n byllau dŵr," meddai'r bwystfil.

Agorodd yr ambarél uwchben Iestyn, gan sugno ei gorff aflonydd i fyny, a chau eto. Rhai eiliadau'n ddiweddarach, poerodd bwll o hylif allan trwy'r handlen.

"NA!" gwaeddodd Betsan. Rhedodd at y pwll, a llefain yn ulw gan fod yr ail o'i tri ffrind wedi'u lladd gan y bwystfil. Teimlodd mai ei bai hi oedd y cyfan.

Llenwodd y theatr â sgrechfeydd, wrth i ambarél fawr felen y bwystfil hedfan o amgylch y lle. "CAEWCH EICH

CEGA!" rhuodd y bwystfil. "Mi *wna* i byllu unrhyw ffŵl sy'n trio gadael."

Eisteddodd yr holl gynulleidfa, wedi'u dychryn i'r byw. Caeodd pawb ddim eu cegau, ond llwyddodd y dorf i dawelu eu sgrechfeydd, gan udo'n dawel a llefain.

"Rŵan 'ta, dwi am fwyta Betsan – a mae pob un wan jac yn y theatr 'ma am fy annog i wrth i mi wneud!"

Wiglodd y bwystfil ei fysedd – gan wneud i'r rhaff lithro oddi ar ddwylo Casi a lapio ei hun o amgylch Betsan. Cafodd ei llusgo ar y llwyfan, wrth iddi ymladd yn ôl gyda'i holl nerth.

"ANOGAETH, bobl!" meddai'r bwystfil.

Dechreuodd y gynulleidfa floeddio'n wannaidd, er nad oedden nhw'n teimlo fel gwneud. Cafodd Betsan ei llusgo'n agosach at geg y bwystfil. Lapiodd ei ddwy dafod ddu o amgylch pig Esyllt a'i dorri i ffwrdd, gan ei wneud yn haws iddo fwyta Betsan.

"Foneddigion a boneddigesau, dim ond unwaith dwi am ofyn y cwestiwn 'ma, ac os ydach chi'n malio am eich bywyd, fe wnewch chi ateb nerth eich llais," meddai'r bwystfil. Trodd Betsan i wynebu blaen y llwyfan, iddi gael gweld y dorf yn sgrechian am ei gwaed.

"DDYLIWN I FWYTA BETSAN YN FYW?"

Daeth un llais unig o gefn y theatr, cyn i neb arall fedru ateb.

"NA!"

Camodd perchennog y llais o'r tywyllwch. Roedd yn ddyn eithriadol o hen, ond yn amhosib o ifanc, wedi taflu crys nos a phâr a drowsus ysblennydd amdano.

"NA!" meddai Heddwyn Ploryn eto. "Mae hyn yn dod i ben – nawr. Wna i ddim gadael i ti frifo unrhyw un arall."

Y Pyllu

"Drychwch pwy sy yma 'ta?" meddai'r bwystfil yn ei lais parot gorau. "Wnest ti lwyddo i ddianc o'r atig ar ben dy hun bach? Reit glyfar, wir."

Roedd llais Heddwyn wedi'i esmwytho, ond ei gorff wedi gorchuddio â briwiau a chleisiau. Wrth i Betsan edrych tuag ato, sylweddolodd nad oedd Heddwyn wedi cefnu arni mewn gwirionedd – a bod hynny hefyd yn rhan o gynllun dieflig y bwystfil.

"Rhed, Heddwyn! Mae'n rhy hwyr!" gwaeddodd hithau. Doedd hi ddim am weld ei ffrind olaf – a'i ffrind pwysicaf – hefyd yn cael ei ladd gan y bwystfil.

"Paid ti â meiddio gyrru fy hen fêt o 'ma," meddai'r bwystfil. "Sbia arno fo – yn awchu am gael gweld ei annwyl fwystfil wrthi unwaith eto. Dwi'n meddwl ei fod o'n haeddu sedd ora'r theatr."

Wiglodd y bwystfil ei fysedd a symud yr ambarél fawr felen uwchben y sedd orau – gydag Elystan Wystrys yn digwydd eistedd ynddi. Cafodd Elystan ei droi'n bwll wrth iddo eistedd rhwng ei rieni, a'r ddau'n sgrechian yn wyllt.

"Dyna ti, Heddwyn. Isio i fi chwydu blanced, er mwyn rhwystro dy ben-ôl rhag mynd yn wlyb?" meddai'r bwystfil.

"Rho'r gorau iddi – rho'r gorau iddi nawr!" meddai Heddwyn, gan frasgamu at y llwyfan.

"Diar mi. Meddwl dy fod ti'n ryw fath o arwr ar ôl dianc o'r atig, felly? Dwi'n meddwl bod rhywun 'di darllen gormod o gomics," meddai'r bwystfil, gan ysgwyd ei ben yn drist. "Mae gen i ddiddordeb mawr gweld be sgen ti mewn golwg, mae'n rhaid cyfadda. Ydi'r hen foi 'na efo'r ffyn cerdded yn rhan o dy gynllun di?"

Edrychodd y bwystfil y tu ôl i Heddwyn. Roedd yr hen ddyn yn hercian i mewn i'r theatr yn boenus o araf, er bod Heddwyn wedi'i siarsio i ddychwelyd adre gyda Sharon y nyrs.

"Dydw i ddim wedi cynllunio unrhyw beth. Yma i fargeinio ydw i," meddai Heddwyn. "Beth am i ni redeg i ffwrdd? Ti a fi – nawr."

"Be?" meddai'r bwystfil. Lledodd gwên ar draws ei wefusau glafoeriog – gan achosi i fwy o blu ddisgyn o ochr parotaidd ei gorff. "Ti isio i mi wastraffu'r holl waith caled 'ma? Pam fyswn i'n gwneud peth felly?"

"Oherwydd fe wna i eich gwasanaethu eto."

"Ti am wneud hynny beth bynnag, y twpsyn."

"Dwi'n golygu fy mod i am wneud o 'ngwirfodd – fel yn y canrifoedd cyn i Betsan gyrraedd," meddai Heddwyn. "Rwy'n gwybod yn iawn bod modd i chi wneud beth y mynnech chi, trwy fwlio a churo, ond bydde'n well gennych chi osgoi'r fath ffwdan, siŵr o fod? Os adewch chi lonydd i Betsan, dwi'n gaddo mai fi fydd y gwas bach gorau erioed. Wna i baratoi eich holl brydau bwyd, a pheidio gofyn am yr un wobr yn ôl. Mae'n anodd dod o hyd i'r fath staff da. Fel y dwedsoch chi – roedd pawb ond fi yn rhy wan a thila, f-feistr."

Tyfodd y wên yn lletach fyth. Roedd y bwystfil wrth ei fodd yn clywed y gair 'meistr' unwaith eto.

"Na, Heddwyn! Dwi ddim am adael i'r bwystfil fod yn fòs arnat ti eto!" gwaeddodd Betsan.

"Does gen ti ddim dewis. Bydd ddistaw wrth i mi siarad â'r meistr," meddai Heddwyn. Trodd ei sylw'n ôl at y bwystfil. "Meddyliwch am y peth.

Allech chi ddim aros fan hyn – fydd y sioe yma wedi denu llawer gormod o sylw ..."

"Paid â phoeni am rhain. Ro'n i'n bwriadu troi pawb yn byllau dŵr beth bynnag," meddai'r bwystfil.

Doedd y gynulleidfa ddim yn hoff iawn o'r syniad yma.

"Ond mae hynny'n gymaint o drafferth i chi," meddai Heddwyn. "Fe fyddai'r cyfan yn gymaint haws petaen ni'n gadael nawr. Fe allen ni fod ymhell, bell i ffwrdd cyn i unrhyw awdurdodau gyrraedd. Dechrau o'r dechrau. Fyddai hynny ddim yn gwneud byd o les i ni?"

"Dwi'n siŵr y bysa atig mewn gwlad gynhesach yn ddiddorol," meddai'r bwystfil. "Ond dwi'm yn dallt – ti ddim isio *unrhyw* wobr? Dim llestri te, na throwsus digon sionc i godi calon teigr gwyllt? Be am yr holl betha hudolus roeddet ti'n mynnu eu cael?"

"Dydw i ddim eu hangen nhw," meddai Heddwyn. "Gadewch i Betsan fynd, ac fe fydda i'n was i chi am byth."

Edrychodd ar Betsan, a Betsan yn ôl tuag ato. Dim ond am gyfnod byr roedd y ddau wedi adnabod ei gilydd, ond eu cyfeillgarwch oedd y peth pwysicaf un ym mywyd hir, hir Heddwyn. Os nad oedd am weld Betsan eto, roedd rhaid iddi wybod cymaint roedd hi'n ei olygu iddo.

"Chi'n gweld, feistr, dwi'n credu y byddai newid bach yn gwneud lles i mi. Rwy'n dechrau teimlo fymryn yn wan a thila fy hun," meddai Heddwyn, gan ddewis ei eiriau'n ofalus. "Am ryw reswm, rydw i wedi dod yn hoff iawn o'r castiwr arbennig yma. Mae hi'n benuchel, dyw hi byth yn dweud diolch, yn bwyta fel baedd gwyllt, a ... fel y'ch chi wedi bod mor glyfar â dangos, feistr . . . mae ganddi daith hir o'i blaen cyn iddi ddod yn agos at fod yn ferch dda. Ond, rhywle y tu mewn iddi, mae ganddi'r awydd i ymddwyn yn well – ac mae 'na rywbeth braidd yn fendigedig am hynny."

Roedd y bwystfil yn gwenu cymaint ar ôl i Heddwyn ei alw'n 'glyfar' fel y bu iddo fethu ystyr ei eiriau'n llwyr. Gwrandawodd y gynulleidfa oll yn astud – gan obeithio'n daer na fyddai Heddwyn yn gwneud unrhyw beth gwirion.

"Pan oedden ni'n meddwl eich bod chi wedi mynd, feistr, fe allai Betsan fod wedi gwneud unrhyw beth. Byw diwrnod cicio'r fwced yn dragwyddol – gan fyw'n fras ar fy holl arian – neu dreulio'i hamser yn diogi ac yn gwylio teledu'n ddiddiwedd," meddai Heddwyn. "Dyna'n union fyddwn i wedi'i wneud, a fyddai neb yma wedi'i beio am wneud y fath bethau – yn enwedig â chofio pa mor anodd oedd ei bywyd cyn hyn. Ac eto, aeth Betsan ati i wneud yn iawn am eich holl gastiau wrth ymddwyn yn llawer gwell."

Symudodd ambell aelod o'r gynulleidfa'n euog yn eu seddi, gyda'r ceidwad adar ac Alun y Golomen yn teimlo'n arbennig o ddrwg am ddweud a chlochdar y fath bethau cas. Yn y cyfamser, dechreuodd rhan barotaidd y bwystfil wingo'r mymryn lleiaf.

"Do, fe wnaeth hi fethu yn y pen draw, gyda'r holl fusnes dial 'ma, ond mae pawb yn methu o dro i dro. Ac â bod yn onest, dydw i ddim yn meddwl y bydde hi wedi medru parhau â'r castiau roedd hi wedi'u paratoi heno. Mae'n llawer haws dychmygu gwneud pethau drwg na'u gwneud nhw mewn gwirionedd," meddai Heddwyn. "Y peth pwysicaf oll yw ei bod hi'n awchu am gael gwneud daioni. Ac eisiau gwneud i bobl eraill ymddwyn yn well hefyd – hyd yn oed snichod hunanol fel fi, feistr."

Cochodd Betsan, gan droi bron mor biws â'r plu oedd yn disgyn o gorff y bwystfil. Am ryw reswm gwirion, roedd ei llygaid wedi dechrau dyfrio hefyd.

"Rho'r gora iddi, Heddwyn," meddai'r bwystfil. Daeth ei wingo'n llawer amlycach, ac wrth iddo wneud, dechreuodd yr ambarél fawr felen siglo'n ôl ac ymlaen, a'r rhaff o amgylch arddyrnau Betsan lacio.

"Yn union, feistr," meddai Heddwyn. "Mae'n rhaid i mi roi'r gorau i dreulio amser gyda hi, gan ei bod hi'n fy ngwneud i'n rhy wan a thila o lawer. Rwy'n dod yn agos at lefain wrth feddwl am gael fy ngwahanu oddi wrthi, oherwydd y bydda i'n gweld eisiau pob dim amdani. Yn enw popeth, dwi'n meddwl y byddwn i hyd yn oed yn hiraethu am ei brechdanau. Felly dyna pam bod rhaid i ni symud ymhell o fan hyn, feistr."

"Dwi'n gwbod be ti'n neud," meddai'r bwystfil. Roedd ei lais bellach yn anwastad, a'i ran barotaidd yn gwingo'n afreolus. "Ond fydd o ddim yn gweithio, achos bod 'na bron i ddim byd ar ôl ohoni. DIM, yn hytrach. Does 'na DDIM ohoni ar ôl."

"Am be mae o'n sôn?" gofynnodd Betsan.

"Esyllt," meddai Heddwyn. Siaradodd yn gyflym, wedi rhoi'r gorau i'r llais addfwyn roedd o wedi'i ddefnyddio er mwyn annerch y bwystfil. "Os allwn ni ddarganfod sut i roi rheolaeth o'i chorff yn ôl iddi, yna –"

"Does dim ffordd o'i helpu hi, Heddwyn! Fyddi di angen mwy nag araith fach neis i ddod â hi'n ôl," meddai'r bwystfil.

Trodd ei gorff aflonydd tuag at Betsan, gan wiglo ei fysedd ac agor ei geg. Yr unig beth gafodd o oedd llond ceg o'i gyfog ei hun, gyda Betsan wedi reslo o afael y rhaff.

"Rhywbeth mwy nag araith," meddai Betsan i'w hun, gan feddwl pa fath o beth fyddai'n ddigon pwerus i gyrraedd

Esyllt. Gwgodd yn ffyrnig wrth iddo sylweddoli beth oedd angen gwneud. "O na. Dwi *ddim* yn ganwr."

"Y?" meddai Heddwyn. Llamodd ar y llwyfan, a chamu o flaen Betsan er mwyn ei hamddiffyn rhag y bwystfil.

"Hoff blincin' gân Esyllt, 'de? Yr un sy'n gwneud iddi deimlo fel y gallai hi wneud unrhyw beth," meddai hithau. Yna, yn llwyr yn erbyn ei hewyllys, dechreuodd ganu: *"Mae'r Corwynt yma, i bawb ond ni ..."*

Cofiodd Heddwyn eiriau'r bwystfil am effaith caneuon da ar yr enaid. Ymunodd â Betsan er mwyn canu'r llinell nesaf.

"Does dim ffwdan na strach pan wyt ti gyda mi," canodd y ddau, gyda Heddwyn yn chwifio ei freichiau, a mynnu bod pawb arall yn canu hefyd.

Mr a Mrs Wystrys oedd y cyntaf ar eu traed, yn fodlon gwneud unrhyw beth er mwyn talu'r pwyth yn ôl i lofrudd eu mab. Casi Twmpath oedd y nesaf – yn bloeddio'n swnllyd o'r llwyfan. Ymunodd y ceidwad adar ac Alun y Golomen hanner ffordd drwy'r llinell nesaf.

"Beth am ddawnsio ein dawns, a chanu ein cân ... "

Poerodd y bwystfil y rhaff arian o'i geg a'i gyrru ar ôl Betsan. Bytheiriodd yn wyllt, gan fygwth troi unrhyw un oedd yn meiddio canu gair o'r gân yn bwll dŵr, ond parhaodd y dorf i ymuno, wedi iddyn nhw weld yr effaith roedd hi'n ei chael.

"*Mae'r cacennau yn boeth, a'r tegell ar y tân ...*"

Yn fuan iawn, roedd hyd yn oed yr aelodau mwyaf swil o'r gynulleidfa, fel y fadfall-ddynes a Mostyn ap Tegell, wedi ychwanegu eu lleisiau i'r côr – yn rhannol er mwyn achub Betsan, ond yn bennaf er mwyn achub eu hunain rhag creadur oedd yn rhyfeddol o hoff o byllu pobl i farwolaeth.

Roedd y gân, oedd mor bwysig i Esyllt, a'r ffaith fod y dorf yn peryglu eu bywydau'n ei chanu, fel gwenwyn i'r bwystfil.

"*Does dim all ein brifo pan fo pawb ynghyd ...*"

Crebachodd breichiau'r bwystfil i ddyfnderoedd ei groen blonegog, a ffrwydrodd plu, adenydd, a phig newydd allan o'r croen ei hun. Rhoddodd y piano gynnig ar chwarae tiwn swnllyd ac aflafar er mwyn rhwystro effaith y gân, ond doedd un offeryn ar ei ben ei hun ddim yn medru cystadlu yn erbyn theatr lawn pobl yn canu am eu bywydau.

"*Gad i'r corwynt ruo dros weddill y byd!*"

Erbyn i bawb ddechrau canu'r gytgan eto, roedd Esyllt yn ôl. Tyfodd ei brest yn fwy wrth i'w llygaid newid o ddu sgleiniog i las pefriog, a'r hen olwg garedig yn dychwelyd i'w hwyneb. Ond doedd hi ddim wedi gorffen.

Roedd y bwystfil wedi defnyddio holl ddoniau Esyllt, a bellach roedd yn amser iddi dalu'r pwyth yn ôl. Gydag un wigl o'i chrafangau, gwasgodd y piano'n belen a lleihau'r ambarél i faint un a fyddai wedi medru ffitio mewn gwydryn coctel. Cododd ei hadenydd a dad-byllu Iestyn ac Elystan – gan achosi i'r ddau godi o farw'n fyw, wedi drysu'n llwyr gan bopeth oedd wedi digwydd dros y munudau diwethaf.

Yn y cyfamser, roedd yr hen ddyn yn chwarae gyda'r llygod mawr cafodd eu gadael ar ôl gan Betsan, yn tynnu'r pils drewllyd ac yn rhoi rhywbeth o'i bocedi yn eu lle. Ymddangosai'n rhyfeddol o ddigyffro am bopeth oedd yn digwydd o'i amgylch, ac aeth ar goll yng nghanol yr holl wallgofrwydd, gyda phawb yn canolbwyntio ar Esyllt.

Dringodd Betsan yn ôl ar y llwyfan, ac estyn llaw er mwyn cyffwrdd â'i hen ffrind. "Na, Betsan – cadwa draw!" meddai Esyllt. "Mae'r bwystfil yn dal i fod yma – yn reslo yn fy erbyn dros reolaeth o 'nghorff. Mae'n rhaid i mi ei wthio allan rhywsut!"

"Wyau!" meddai Heddwyn. "Yn yr atig, soniodd y bwystfil dy fod ti'n medru cael gwared ohono wrth ddodwy wy!"

Nodiodd Esyllt, ac yna newidiodd ei hwyneb yn ddarlun perffaith o ddioddefaint, wrth iddi ysgwyd ei phen-ôl a dechrau dodwy wy mwyaf poenus ei bywyd – un oedd yn cynnwys rhywbeth llawer iawn gwaeth na chacen galed, sosej rhedegog, neu bei tatws stwnsh. Gwelwodd y lliw piws ar ei bochau.

"Betsan ... mae'n ddrwg iawn gen i."

A gyda hynny, cwympodd Esyllt ar y llwyfan – yn union fel y gwnaeth hi yn ystod yr ymarfer. Y tro yma, serch hynny, rowliodd wy bach sgleiniog, glas, allan o'i phen-ôl.

"Cama 'nôl!" meddai Betsan, wrth iddi sefyll o flaen Heddwyn er mwyn ei amddiffyn.

"Falle y medra i fod o gymorth, Llipryn," meddai'r hen ddyn, oedd wedi gorffen chwarae â'r llygod mawr o'r diwedd. Cerddodd at y llwyfan yn gyflymach nag oedd Heddwyn erioed wedi'i weld yn symud o'r blaen.

"Dim agosach, Mr Pynshi," meddai Heddwyn. "Wir yr – dych chi ddim eisiau bod yn agos at yr wy pan ma fe'n deor."

"I'r gwrthwyneb, Llipryn. Fi'n credu y byddi di eisiau i mi fod mor agos at yr wy â phosib, er mwyn i mi sortio hyn i gyd," meddai'r hen ddyn. "Gadewch i mi esbonio. Rydw i yma'n cynrychioli A.E.R.O.N.A. – yr **A**dran yn **E**rbyn **R**absgaliwns **O**d **N**eu **A**dynod. Rydych chi'n gyfarwydd â ni o'r gorffennol pell, nag y'ch chi?"

Y Dyn o A.E.R.O.N.A.

"B-B-Beth?" meddai Heddwyn. "Na, does bosib, Mr Pynshi!"

"Mae'n bosib, ac mae'n wir. Ond mae gen i ofn nad Pynshi yw fy enw. Rwy'n hoff o gymysgu llythrennau fy enw wrth greu cymeriad newydd. Pishyn yw'r enw. Wel, Mr Peredur Pishyn y Trydydd ar Hugain, i fod yn fanwl gywir," meddai'r hen ddyn. "Wyt ti'n cofio fy hen-hen-hen-hen-hen-hen-hen-hen-hen-hen-hen-hen-hen-hen-hen-hen-hen-hen-hen-hen-daid? Fe wnes i ymuno ag A.E.R.O.N.A. yn y lle cyntaf oherwydd hen stori deuluol – un am fwystfil maleisus oedd yn bygwth troi pobl yn byllau dŵr byth a beunydd, a phlentyn rhyfedd o'r enw Pwpsyn."

"Nid Heddwyn Pwpsyn yw fy enw," meddai Heddwyn, gyda chymaint o falchder â phosib yn yr amgylchiadau.

"Oes 'na unrhyw un am esbonio be sy'n blincin' digwydd?" gofynnodd Betsan.

"Dyma'r dyn o gartre'r henoed soniais i amdano," meddai Heddwyn. "Yr un oedd yn meddwl fy mod i yno i helpu."

"Roeddet ti *yn* helpu," meddai Mr Pishyn y Trydydd ar Hugain. "Ond nid yn y ffordd roeddet ti'n ddisgwyl ... "

Esboniodd Mr Pishyn fod un o sgowtiaid A.E.R.O.N.A. wedi nodi'r arwerthiant bwystfilaidd o flaen tŷ Heddwyn, ac wedi chwilota am unrhyw beth goruwchnaturiol yno. Ar ôl i'r sgowt ddychwelyd gyda chanlyniadau diddorol, penderfynodd A.E.R.O.N.A. yrru eu prif asiant a'u harbenigwr gorau ar fwystfilod allan ar frys.

"Y diwrnod ar ôl yr arwerthiant, dyna fi yno. Roeddwn i eisiau aros mewn gwesty, ond mynnodd A.E.R.O.N.A. y byddwn yn denu llai o sylw yng nghartre'r henoed," meddai Mr Pishyn. "Anelais yn syth am y tŷ er mwyn archwilio'r eitemau o'r arwerthiant, a dyna pryd wnest ti fy ngwahodd i mewn, Llipryn. Wrth i mi adael, gosodais declyn clywed o hirbell yn y tŷ, er mwyn i mi fedru clywed popeth oedd yn digwydd yno."

Cododd Mr Pishyn y teclyn clywed o'i boced, yr holl gŵyr clust wedi'i sgwrio oddi arno. Fe fyddai'r gynulleidfa wedi ebychu mewn syndod petaen nhw'n deall y peth cyntaf am hyn i gyd.

"Wrth gwrs, roeddwn i'n amau'r Esyllt 'ma o'r cychwyn cyntaf, ond roedd hi'n ymddangos fel parot eithriadol o iach bob tro i mi ei sganio," aeth Mr Pishyn ymlaen. "Felly cymerais fy amser a pharhau i edrych am gliwiau. Roedd y gêm 'na o Gawl Geiriau yn dipyn o gymorth i mi, Llipryn."

Wedi iddi glywed enw Esyllt, brysiodd Betsan ar draws y llwyfan er mwyn gwneud yn siŵr bod ei ffrind yn iawn. Roedd hi'n anymwybodol, ond yn dal i anadlu. Ar ochr arall y llwyfan, wrth ymyl Casi – oedd yn drysu'n fwy ac yn fwy – dechreuodd yr wy bwystfilaidd gracio ar agor.

"Tra fy mod i'n gweithio gydag A.E.R.O.N.A., rydw i wedi dal blaidd-ddynion, dynolion ellyllaidd, ysbrydion dialgar, peiriannau argraffu gwallgo, penbyliaid cythreulig, a hyd yn oed Gwlith-falwen Fawr y Môr Du. Ond mae hyn yn curo'r cyfan – wedi'r cwbwl, y bwystfil oedd y rheswm dros sefydlu A.E.R.O.N.A. yn y lle cyntaf," meddai Mr Pishyn. "Beth wna i nesaf, tybed?"

Lledodd y craciau ar draws yr wy fel pry cop yn ymestyn ei goesau. Bu bron i ambell un o'r dorf, oedd wedi hen arfer â phantomeim, weiddi 'Y TU ÔL I CHI!', ond cafodd eu cegau eu cau gan arswyd pur.

"Beth amdana i?" gofynnodd Heddwyn yn nerfus.

"Beth *amdanoch* chi?" gofynnodd Mr Pishyn.

"Fy holl ymddygiad bwystfilaidd. Cuddio'r peth gyhyd," meddai Heddwyn.

"O, wela i," meddai Mr Pishyn. Crychodd ei dalcen, gan greu rhychau ar ben rhychau. "Wel, oherwydd eich bod chi wedi cuddio'r bwystfil am bum can mlynedd, rydych chi wedi ... wel ... byw gyda'r bwystfil am bum can mlynedd. Mae hynny'n ddigon o gosb am ymddwyn mor ddrwg."

Roedd Heddwyn wedi blino cymaint ar ôl ei ddiffyg cwsg yn yr atig fel y bu bron iddo ddisgyn mewn pelen ar lawr, gan lefain gyda rhyddhad, ond llwyddodd i aros ar ei draed, gan wrthod edrych yn wirion o flaen yr asiant cudd cyntaf iddo ei gyfarfod erioed.

Wrth iddo sadio ei hun, gwthiodd llaw bach a bwystfilaidd allan o'r wy. Eiliadau'n ddiweddarach, daeth un arall ar ei hôl.

"Alla i ddim credu na wnes i sylweddoli eich bod chi'n asiant cudd," meddai Heddwyn. "Ac eto, dwi fel arfer yn meddwl amdanyn nhw mewn ryw guddwisg cyfrwys."

"Dydw i ddim mewn cuddwisg, felly?" meddai Mr Pishyn.

"Felly ti *ddim* yn hen ac yn rhychog i gyd?" gofynnodd Betsan.

"Na, dyma fy wyneb. A dydw i ddim yn meddwl fy mod i'n rhychog iawn, diolch yn fawr," meddai Mr Pishyn. "Ond dim ond un ffon gerdded sydd ei angen arna i."

Estynnodd Mr Pishyn tua'r llwyfan gyda'i ffon gerdded a tharo'r wy, yn union wrth i ben blonegog y bwystfil dorri trwy'r gragen. Edrychodd y bwystfil yn ddryslyd, yn llawn penbleth, ac yn hollol wahanol i'r arfer, wrth i'w gorff cyfan ddiflannu i mewn i'r ffon.

Cymeradwyodd y gynulleidfa'n angerddol. Aeth Iestyn mor bell â chodi ar ei draed, gan ei fod yn ffan mawr o ffyn cerdded oedd hefyd yn arfau marwol.

"Ble aeth y bwystfil?" gofynnodd Heddwyn.

"I'r ffon. Yn amlwg. Rwy'n hen law â ffyn A.E.R.O.N.A. fel hon," meddai Mr Pishyn. "Mae 'na garchar symudol y tu mewn i'r ffon sy'n ddigon cryf i gadw'r gawres anorchfygol o'r blaned Mawrth dan glo, felly fe ddylai wneud y tro. Hefyd, mae'n ddefnyddiol iawn os yw fy nghoesau'n blino a bod angen hoe arna i."

Dechreuodd y ffon A.E.R.O.N.A. grynu yn llaw Mr Pishyn.

"Hmm, dwi erioed wedi gweld hynny o'r blaen," meddai Mr Pishyn. "Angen dychwelyd i'r pencadlys cyn gynted â phosib, siŵr o fod. Ond yn gyntaf mae'n rhaid ... "

Dringodd Mr Pishyn ar y llwyfan yn rhyfeddol o chwim. Cerddodd draw at Esyllt, a gorchymyn i Betsan gamu'n ôl.

"Mae 'na declyn cynnal bywyd o fewn y ffon hefyd. Mae'n rhaid ei ddefnyddio o bryd i'w gilydd er mwyn achub milwyr wedi clwyfo ar ein meysydd brwydr yn y gofod," meddai Mr Pishyn. Chwaraeodd â'r deialau ar ben y ffon gerdded, a chafodd Esyllt ei sugno y tu mewn iddi. "Dyma'r lle mwyaf diogel iddi cyn cyrraedd y pencadlys."

Roedd pryder wedi'i blastro ar draws wyneb Betsan. "Fydd hi'n iawn?" gofynnodd hithau.

"Dim rheswm pam ddim," meddai Mr Pishyn. "Nawr 'te, un peth arall ..."

Dechreuodd chwilota ymysg yr hen hancesi yn ei boced cyn dod o hyd i bedwar o begiau trwyn oedd wedi'u codi o'r llawr. Rhoddodd un o amgylch ei ffroenau ei hun, cyn rhoi'r tri arall i Betsan, Heddwyn a Casi.

"Gobeithio nad wyt ti'n malio, Betsan, ond rydw i wedi cael gwared ar dy holl arogleuon di gyda chwistrellwr bach mae asiantiaid A.E.R.O.N.A. yn ei ddefnyddio pan mae ein hanturiaethau'n denu ychydig gormod o sylw. Mae'r llygod mawr yn hynod o ddefnyddiol – maen nhw'n fy achub i rhag gorfod chwistrellu pawb fesul un," meddai Mr Pishyn, cyn troi ei sylw i'r gynulleidfa. "Foneddigion a boneddigesau, os gaf i eich sylw chi am funud bach ..."

Chwaraeodd Mr Pishyn gyda phen ei ffon wrth i bawb yn y theatr syllu tuag ato. Fflachiodd llygaid y llygod mawr yn goch o fewn rhai eiliadau, a dechreuodd y creaduriaid sgrialu o amgylch y lle – gan ei lenwi gyda mwg pinc oedd yn gyrru pob aelod o'r gynulleidfa i drwmgwsg. Wedi i'r mwg godi, mynnodd Mr Pishyn fod pawb ar y llwyfan yn tynnu eu pegiau trwyn.

"Dyna fi wedi newid eu hatgofion nhw. Pan fyddan nhw'n deffro mewn ... o, tua hanner munud, fyddan nhw'n credu bod popeth sydd wedi digwydd yma heno yn rhan o'r sioe," esboniodd yntau. "Does dim rheswm pam y dylen nhw orfod cofio'r bwystfil am weddill eu bywydau."

"Pardwn?" meddai Casi. "Ond roeddwn i o fewn trwch blewyn o gael fy mwyta'n fyw! Rwyf i am sôn am hyn wrth bawb – pob un sianel deledu a newyddiadurwr. Mae hyn am fy ngwneud yn seren!"

"Gyda neb i gefnogi dy stori, fyddwn i'n synnu petai unrhyw un yn dy goelio," meddai Mr Pishyn. "A wedi'r cyfan, ti bellach yw seren un o'r perfformiadau mwyaf cyffrous, mwyaf arloesol welodd Theatr Twmpath erioed!"

Yna, yn union fel roedd Mr Pishyn wedi'i ragweld, deffrodd y gynulleidfa ar unwaith. Cododd pawb ar eu traed a chymeradwyo'n fyddarol yn dilyn y 'perfformiad' gwych.

"Llawer gwell na thwb o faw eliffant!" crawciodd y fadfall-ddynes, a hithau ddim fel arfer mor garedig am unrhyw beth.

"Am effeithiau arbennig! A dyna ni'n meddwl bod ein mab wir wedi'i droi'n bwll o ddŵr!" meddai rhieni Elystan.

"Cymaint o droeon annifyr yn y gynffon!" meddai Mostyn ap Tegell, gan fflachio ei ddannedd aur.

"Roedd hynny werth bob ceiniog, heb os nac oni bai!" meddai'r ceidwad adar, gydag Alun y Golomen yn clochdar ei gytundeb.

Edrychodd Casi dros y dorf o wynebau, oll yn ei haddoli, a darganfod y cariad roedd hi wedi bod yn edrych amdano ar hyd ei hoes. Ar ôl meddwl am y peth am tua dau chwinciad chwannen, penderfynodd y dylai dderbyn fersiwn newydd Mr Pishyn o ddigwyddiadau'r noson. Moesymgrymodd o'r llwyfan gan chwythu cusanau, cyn datgan yn fawreddog y byddai'n ddigon caredig i lofnodi lluniau ohoni'i hun i bawb yn y cyntedd.

Dringodd i lawr o'r llwyfan ac ymfalchïo yn ei chroeso ecstatig gan bawb. Y rhai cyntaf i siarad iddi oedd Mr a Mrs Twmpath.

"Ble wyt ti wedi bod yn cuddio'r holl dalent 'na, ferch? Doedd gennym ni ddim syniad bod gen ti'r gallu i berfformio darn mor wreiddiol ac arloesol!" meddai Mr Twmpath.

"Wir, mae'n rhaid i ti berfformio yma eto, am wythnos o leiaf. A dod yn ôl adre i fyw aton ni, wrth gwrs," meddai Mrs Twmpath.

"Esgusodwch fi, Mami a Dadi, ond mae'n rhaid i mi gychwyn ar yr holl lofnodi. Os oes gennych chi awydd trafod fy nghytundeb â'r theatr, ymunwch â'r ciw," meddai Casi. Gwthiodd ei ffordd i'r cyntedd, a byddin o ddilynwyr ffyddlon ar ei hôl, a phob un yn awchu am ei llofnod.

Y Cychwyn Newydd

Yr unig rai oedd ddim yn awchu am lofnod gan Casi oedd
Miss Cawdel a'r criw o'r cartre plant. Doedd y plant ddim
angen llofnod, gan fod Casi wedi sgriblo ei henw ym
mhobman yn y cartre, tra bod Miss Cawdel yn gwneud ffys
dros lygod mawr Betsan.

"Felly, rhan o'r sioe oedd hyn i gyd?" gofynnodd
hithau. "A'r llyffantod yn y siop yn rhan o'r profiad hefyd
felly?"

Neidiodd Betsan i lawr o'r llwyfan. Gwelodd fod Miss
Cawdel yn berffaith fodlon coelio unrhyw beth a ddaeth
o'i cheg.

"Nag oeddan," meddai Betsan, gan ochneidio.
"Doedd gen i ddim byd i'w wneud â'r llyffantod, a do'n
i ddim yn hapus o gwbwl ar ôl i ti fy meio i, felly ro'n i

am ryddhau'r llygod mawr yn dy siop. Ddrwg iawn *iawn* gen i, Miss Cawdel – dwi'n gaddo wna i byth dywyllu'r siop fferins eto."

Cododd Miss Cawdel un o'r llygod mawr. "Pam cyfadda'r peth?" gofynnodd hithau. "Fysat ti 'di gallu dianc heb i fi wbod am hyn."

"Byswn. Ond doedd hynny ddim yn teimlo fel y peth iawn i'w wneud," meddai Betsan. "Roedd Heddwyn yn deud y gwir. Dwi'n trio ymddwyn yn well, wir yr – ond mae gen i dipyn i'w ddysgu."

Trawodd Miss Cawdel y llygoden fawr â blaen ei bys, cyn ysgwyd ei phen mewn siom. "Mae hwn yn dric bach clyfar, ti'n gwbod – dyfeisgar iawn. Ond ddylet ti fod wedi rhoi rhyw fath o ffwr arnyn nhw hefyd, er mwyn twyllo'r arolygydd iechyd yn iawn," meddai hithau. "Dwi'n cofio cael syniad tebyg pan o'n i'n hogan fach. Roedd y llyfrgellydd yn gwrthod benthyg llyfr i fi, felly wnes i lenwi ei phot siwgwr efo powdwr cyri chwilboeth."

"Roeddet ti'n gwneud castiau?" gofynnodd Betsan.

"Oeddwn wir. Mae 'na dipyn o orgyffwrdd rhwng castiau a gwneud fferins – y ddau'n gofyn am sgiliau creadigol tebyg iawn i'w gilydd. Bellach, mae fy holl ddireidi'n cael ei ffrwyno yn y siop," meddai Miss Cawdel. Oedodd, a phwyso a mesur pethau eto. "Oes gen ti ddiddordeb helpu efo'r basgedi bwyd, yn dal i fod?"

"Oes blincin' wir!" meddai Betsan.

"Falch o glywed – mae pawb yn haeddu ail gyfle. Wela i di yn y siop am ddeg o'r gloch ar fore Llun yn dy ffedog ora. A dwi isio i ti ddarllen tair pennod gynta *Mecaneg Cwantwm i Ffyliaid Llwyr* cyn hynny," meddai Miss Cawdel. "Fyddi di wedi blino'n lân erbyn diwedd y diwrnod."

Trodd Miss Cawdel ei chefn cyn i Betsan fedru dweud unrhyw beth fel 'Hwrê!' neu 'Ond dydi brawddeg gynta'r llyfr 'na ddim yn gwneud math o synnwyr!' Rhedodd Iestyn at y llwyfan nerth ei draed er mwyn sgwrsio.

"Mae'n ddrwg gen i, wnes i glywed y cyfan, achos, wel, achos ro'n i'n trio clywed y cyfan. Alla i ddim credu dy fod ti am gael gwneud fferins. Anhygoel!" meddai yntau.

"Iestyn, wyt ti'n iawn?" gofynnodd Betsan. Anelodd ambell ergyd galed yn erbyn ei fraich er mwyn gwneud yn siŵr ei fod yn bodoli.

"Hmmm? O, ym, ydw – roedd y tric pyllu 'na'n glyfar iawn. Dwi'n teimlo fel hogyn cwbwl newydd," meddai yntau. "Diolch am fy nghynnwys i yn y sioe. Dwi wrth fy modd efo tricia hud!"

"Iestyn, doedd dim o hynny'n rhan o'r ..." cychwynnodd

Betsan. Ond yna gwelodd yr olwg falch ar wyneb Iestyn, a sylweddoli bod ei fersiwn yntau o'r noson yn well na'r gwir. "O, dim otsh. Croeso, neu rwbath," meddai o'r diwedd.

"Pa fferins wnei di gynta?" gofynnodd Iestyn. "Fy ffefryn i ydi'r rhyfeddodau riwbob!"

"Wel, dwi am ofyn i gael dysgu sut i wneud rheiny gynta, felly," meddai Betsan. "Os wyt ti isio, ddo i draw er mwyn sgwrsio am y peth ar ôl i fi orffan dydd Llun."

"IA! IA! IA!" meddai Iestyn. Cochodd y ddau ar ôl i Iestyn siarad yn llawer rhy eiddgar. "Dim ond os wyt ti isio gwneud, wrth gwrs. A gawn ni siarad am *Gari Crwban* hefyd."

"Ddrwg gen i. Yr unig beth fydda i'n ddarllen cyn dydd Llun ydi *Mecaneg Cwantwm i Ffyliaid Llwyr*. Bydd rhaid i ni siarad am rwbath heblaw am gomics."

"Rhwbath *heblaw am* gomics?" meddai Iestyn. Gwgodd y ddau wrth iddyn nhw geisio gwneud synnwyr o hynny. "Sut fysa peth felly'n gweithio?"

Galwodd Glyn Clec am Iestyn a gweddill y plant, yn eiddgar iawn i gael dianc o'r theatr cyn i Casi neu ei rhieni newid eu meddyliau am fyw gyda'i gilydd. Ffarweliodd Iestyn â Betsan wrth fflapian ei ddwylo, cyn iddi hi redeg draw at Heddwyn er mwyn sôn wrtho am ei gyrfa newydd, gwbwl anghyffrous. Yn anffodus, roedd Heddwyn wrthi'n gofyn cwestiynau lu i Mr Pishyn am ei fywyd fel asiant cudd.

"Rwy'n falch iawn bod gen ti ddiddordeb, Llipryn, ond mae 'na lawer gormod i mi wneud ar hyn o bryd," meddai Mr Pishyn, mewn tôn braidd yn biwis. Roedd yn ysu am gael mwy o sgyrsiau pleserus â phobl, ond doedd ganddo byth yr amser. "Mae angen twtio fan hyn a gwneud yn siŵr nad yw'r bwystfil wedi gadael unrhyw beth peryglus yn y theatr. Rhaid i waith A.E.R.O.N.A. fod yn drefnus ac yn gudd, ar bob cyfri."

"Felly pam ddim sgrwbio'n hatgofion yn lân?" gofynnodd Betsan.

"Mae'r ddau ohonoch chi'n deall mwy am y bwystfil na neb arall. Disgwyliwch alwad yn fuan, wrth i ni ymdrechu i ddysgu mwy am y creadur," meddai Mr Pishyn. "A bydd neb yn credu Casi beth bynnag."

Ysgydwodd y ffon A.E.R.O.N.A. yn ei law eto – yn ffyrnicach erbyn hyn. Syllodd tuag ati mewn dryswch a braw.

"Dyw'r creaduriaid eraill ddim yn gwneud hyn," meddai Mr Pishyn, gan grychu ei dalcen rhychog unwaith eto.

"Ti'n siŵr bod Esyllt yn saff yn y ffon 'na?" gofynnodd Betsan.

"O ydi, dyna'r lle gorau yn y byd iddi. Peidiwch â phoeni, rwy'n siŵr y gwelwch chi'ch gilydd eto'n fuan iawn," meddai Mr Pishyn. Crychodd ei dalcen i gyfeiriad y ffon eto. "Er hynny i gyd, mae angen i mi fynd ar dipyn o frys. Ffarwél, Heddwyn a Betsan."

Aeth Mr Pishyn i edrych am unrhyw olion bwystfilaidd yn y theatr, wrth i Betsan a Heddwyn gychwyn allan. Daeth ton o dristwch dros wyneb Betsan.

"Problem?" gofynnodd Heddwyn.

"Meddwl am Esyllt o'n i. Roedd hi mor dda efo fi, ac mae'n amhosib peidio meddwl mai ein bai ni oedd hyn i gyd," meddai Betsan. "Fysa hi erioed 'di cyfarfod â'r bwystfil oni bai amdanom ni. Ella na ddylswn i dderbyn cynnig Miss Cawdel, neu ddarllen comics efo Iestyn, neu wirfoddoli rownd y dre – ella'n bod ni'n well ar ein pennau ein hunain."

"Bai'r bwystfil oedd hyn i gyd, a neb arall," meddai Heddwyn. "Ac os wyt ti wir eisiau dad-fwystfilo dy fywyd, rhaid i ti beidio cuddio rhag bobl eraill. Dyna fynnodd y bwystfil am bum can mlynedd, a drycha sut un ydw i."

"Rêl Mistar Snichyn," meddai Betsan gan wenu.

"Yn union. Snichyn bach hunanol," meddai Heddwyn, yn gwenu'n ôl. Doedd dim syniad ganddo y byddai Betsan yn galw enwau eto'n gwneud iddo deimlo mor dda.

Plethodd y ddau rhwng y torfeydd yn y cyntedd, a dianc i'r stryd. Roedd yr holl dacsis y tu allan i'r theatr yn llawn ac Esyllt wedi dinistrio'r sgwter, felly doedd dim dewis ond cerdded adre.

"Felly ... bwyta fel baedd gwyllt, ia?" meddai Betsan.

"Alla i ddim credu dy fod ti'n canolbwyntio ar y rhan *yna* o'r araith," meddai Heddwyn.

"Glywais i'r holl ddarnau eraill 'fyd – a rhwystro fy hun rhag chwydu yn ystod yr holl ddarnau sopi," meddai Betsan, yn gwenu eto. "Ro'n i'n hoff o'r stwff am wneud daioni."

Ochneidiodd Heddwyn, gan ddifaru siarad hyd yn oed cyn agor ei geg.

"Dwi'n falch. Ac yn meddwl dy fod ti'n iawn am y nonsens gwneud daioni 'ma, gyda llaw," meddai mewn llais swta. "Ddylen ni wneud mwy o'r math yna o beth."

"Be?!" meddai Betsan. "Chdi sy'n deud hyn?!"

"Ddwedes i ddim fy mod i'n hapus am hyn, cofia di. A dweud y gwir, ro'n i wedi bod yn edrych ymlaen at fisoedd o ymlacio, bathiau llawn swigod, a the diddiwedd," meddai Heddwyn. "Ond, wel, dydi'r dyddiau diwetha ddim wedi dod â llawer o ddaioni i'r un ohonom ni. Rhaid i ni roi cynnig ar wneud yn iawn am y peth, mae'n siŵr."

"Fydd Esyllt mor falch pan glywith hi!" meddai Betsan gyda gwên fawr. "Dyma be dwi'n meddwl ddylien ni wneud gynta ..."

Teimlai'r siwrne faith adref yn hirach nag erioed i Heddwyn wrth i Betsan fanylu ar ei holl gynlluniau ar gyfer y dyddiau, wythnosau a misoedd i ddod. Powliai dagrau o flinder a hunandosturi o'i lygaid wrth iddo sylweddoli bod y ddau ymhell o orffen eu hymdrechion i wneud daioni. Yn wir, newydd gychwyn oedden nhw.

Y DIWEDD . . .
(MEWN FFORDD)
(OND PEIDIWCH Â MYND I GRAFU ETO!)

Y Bwystfil yn ei Gawell

Dridiau'n ddiweddarach, roedd Heddwyn a Betsan yn sefyll ar y stryd fwyaf diflas yn y byd. Roedd yn ddiflas ar bwrpas – wedi'i chynllunio fel bod pawb yn cerdded a gyrru heibio iddi heb feddwl ddwywaith am y peth.

Ei henw oedd rhywbeth hawdd iawn i'w anghofio – fel 'Stryd y Felin' neu 'Ffordd y Gogledd', a'r adeiladau'n cael eu haddasu'n gyson (ond yn gudd), fel eu bod nhw'n edrych yn gwbwl 'arferol' yn ôl y ffasiwn pensaernïol ar y pryd.

Pwll o ddŵr oedd y peth mwyaf diddorol am yr holl le. Trochodd Betsan ei hesgidiau ynddo, wrth i Heddwyn ufuddhau'r gorchymyn roedd o wedi'i dderbyn a chanu'r gloch ar dŷ digon di-nod. Rai eiliadau'n ddiweddarach, daeth llais Mr Pishyn drwy uchelseinydd wrth ei ymyl.

"*Ie? Beth y'ch – eisie?*" gofynnodd yntau. "*O, shw'mai, Llip–yn. Beth wyt ti'n wne– yma? Sut yn y byd ddeues di o h– i'r lle?*"

"Chi wnaeth ein gwahodd ni – cofio? Ein deffro ni yng nghanol nos? A sôn bod hyn yn hollbwysig, a bod angen i ni alw heibio cyn gynted â phosib?" meddai Heddwyn.

"Ia – a rêl poen ydi o 'fyd. Mae gen i ddwy bennod a hanner o *Fecaneg Cwantwm i Ffyliaid Llwyr* i'w darllen," gwaeddodd Betsan, o'i phwll.

"*Wnes i wir?*" meddai Mr Pishyn, wedi drysu'n llwyr. "*Pam gwneud y f– beth, tybed? Ydych chi'n – ?*"

"Dydych chi ddim yn glir iawn, Mr Pishyn. Mae'n swnio fel eich bod chi filltiroedd i ffwrdd," meddai Heddwyn.

"*Hmm? O ie. Acho– fy mod i, mae'n –byg. Dewch, dewch. A gwisgwch –âr o welingtons,*" meddai Mr Pishyn.

Aeth yr uchelseinydd yn dawel, ac yn fuan iawn wedyn cafodd dau bâr o welingtons eu gwthio drwy'r drws; un ym maint Heddwyn, a'r llall i ffitio Betsan. Gwthiodd Heddwyn fotwm yr uchelseinydd eto, ond daeth dim ateb, wrth i Betsan redeg draw a gwisgo ei welingtons newydd.

"Fydd rhain yn dipyn gwell ar gyfer chwara mewn pylla!" meddai Betsan.

Rhedodd at y pwll a neidio i mewn. Ond yn hytrach na dŵr yn tasgu i bobman, diflannodd Betsan yn syth i'r pwll fel petai wedi suddo i ganol y ddaear.

"BETSAN!" gwaeddodd Heddwyn. Gwisgodd ei welingtons yn syth a neidio ar ei hôl, er ei fod wedi teimlo'n arbennig o anghyfforddus wrth weld dŵr ers i'r bwystfil benderfynu pyllu'n ddidrugaredd yn y theatr.

Disgynnodd yntau drwy'r pwll hefyd, a darganfod nad pwll mohono o gwbwl, ond porthwll i ynys bell.

Cafodd ei hun yn camu trwy ddŵr môr, tuag at arfordir yr ynys. Roedd un adeilad yn taflu cysgod dros y rhan fwyaf o'r lle – pyramid mawr, modern wedi'i orchuddio â'r llythrennau:

Pencadlys A.E.R.O.N.A.
– Dim byd i'w weld fan hyn

Roedd pobl a chreaduriaid eraill – asiantiaid, carcharorion, cymeriadau amheus – yn agosáu at y lan o bob cyfeiriad, gyda phawb wedi cael eu trosglwyddo yma o borthyllau gwahanol ar draws y byd. Gwelodd Heddwyn fod Betsan eisoes ar y traeth gyda Mr Pishyn, ac yn gwneud ei gorau glas i rwystro'i hun rhag gwirioni ar yr olygfa.

Rhedodd Heddwyn i fyny'r traeth yn gyflym tuag atyn nhw. Roedd Mr Pishyn yn pwyso ar ei ffon gerdded ac yn cario tair helmed o dan y fraich arall.

"Do, mi wnest ti. A deud bod angen i ni ddod ar frys," meddai Betsan, wrth i Mr Pishyn syllu arni mewn dryswch. "Am y bwystfil mae hyn i gyd? Neu Esyllt?"

"Esyllt? Pwy yw –?" cychwynnodd Mr Pishyn, cyn cofio am y cyfan yn gyflym. Edrychodd i lawr at yr helmedau a chrychu ei aeliau eto. "Dydw i ddim yn cofio pam bod rhain gen i, ond ddylen ni eu gwisgo nhw."

Gwnaeth y tri ohonyn nhw hynny'n union wrth fentro i mewn i'r pyramid. Roedd y cyntedd ar y llawr gwaelod yn llawn asiantiaid yn edrych yn amheus, neb yn ymddiried yn ei gilydd – a phawb yn cyhuddo pawb arall o dwyll a brad. Cafodd Heddwyn a Betsan eu harwain at yr adran feddygol, lle roedd wyneb cyfarwydd yn rhochian cysgu ar un o'r gwlâu.

"ESYLLT!" meddai Betsan. Rhedodd tuag ati a deffro Esyllt wrth ei gwasgu'n dynn.

"O, helô, fy nhwmplen," meddai Esyllt. Roedd ei llais mor wan â'i chorff. Estynnai gwifrau ohoni, yn sownd wrth ambell beiriant, a'r oll yn bipian. Hyd yn oed yn effro, edrychai fel petai'n hanner cysgu. "Mae'n ddrwg iawn, iawn gen i am bop–"

"Paid ti â meiddio ymddiheuro. Does neb ar fai heblaw am y bwystfil," meddai Betsan.

Gwingodd Esyllt wrth glywed enw'r bwystfil.

"Y creadur 'na ... welais i ei feddwl e, chi'n gwybod," meddai hithau. "Y rhyfel, y Rhepsyn Mawr, y Foneddiges Morien annioddefol 'na ... fydda i byth yn medru eu dad-weld nhw."

"Paid ti â phoeni am hynny. Mae'r bwystfil yn saff mewn cell. Gei di ddod yn ôl i'r tŷ pymtheg llawr efo ni, a gawn ni anghofio am y cyfan," meddai Betsan.

"Na!" meddai Esyllt, gyda'r holl nerth oedd ar ôl yn ei llais. Roedd y syniad fel petai'n ei ffieiddio. "Mae'n ddrwg gen i, Betsan, ond alla i ddim dychwelyd yno. Mae'n llawn atgofion o'r bwystfil. Mae'n rhaid i mi ddianc ymhell o fan hyn. Rydw i am fynd adre, i edrych ar ôl plantos Wintloria. Mae Mr Pishyn yn dweud bod porthwll yma sy'n arwain yr holl ffordd at y coedwigoedd yno."

"Wedes i hynny?" gofynnodd Mr Pishyn, gan grafu ei helmed. "Do, wrth gwrs. Sut lwyddais i anghofio'r sgwrs yna?"

"Wna i dy golli di," meddai Betsan, gan fwytho'r plu ar adenydd Esyllt.

"Fe gysylltwn ni â'n gilydd drwy'r amser," meddai Esyllt.

"Paid ti â phoeni, fy nhwmplen. Dwyt ti byth, byth am gael gwared arna i."

Dechreuodd lygaid Esyllt gau'n araf. Rhoddodd Betsan gofleidiad arall iddi, a gwneud ei gorau i guddio ei thristwch. Prin yr oedd Heddwyn yn medru gwylio.

"Fyddwn ni wir yn dy golli di, Esyllt," meddai Heddwyn. "Mae plant Wintloria yn ffodus i dy gael di'n canu iddyn nhw ac yn dodwy wy hyfryd i frecwast."

Agorodd Esyllt ei llygaid eto, gyda dagrau piws yn diferu o'i llygaid. Trodd i ffwrdd wrth i bawb adael yr adran feddygol.

"Ddywedais i'r peth anghywir?" gofynnodd Heddwyn.

"Do, mae'r cyfan yn llifo'n ôl i'r cof nawr ..." meddai Mr Pishyn. "Cafodd Esyllt ei hanafu'n wael gan y bwystfil. Mae hi'n cryfhau bob dydd, ond ar y funud dim ond wyau'n llawn cabaitsh wedi berwi mae hi'n medru eu dodwy. Ac mae'r doctoriaid yn ofni na fydd hi'n medu canu eto."

"Esyllt druan," meddai Betsan. "Fedrwch chi ddim gwneud rhwbath?"

"Rydym ni'n gwneud popeth o fewn ein gallu," meddai Mr Pishyn, yn flin. "Ond mae gan feddwl y bwystfil rywbeth i'w wneud â'r peth. Dyna pam ein bod ni'n gwisgo'r helmedau. Gofiais i hynny wrth i Esyllt siarad."

Anelodd Mr Pishyn am y llifftiau. Wedi iddo fachu un, chwaraeodd â phen ei ffon gerdded, gan ddatgelu panel o fotymau yn arwain at loriau oedd ar gael i'r prif asiant yn unig. Prociodd Mr Pishyn y botwm uchaf, oedd yn arwain at 'Y CAWELL'.

Teithiodd y llifft i fyny ochrau'r pyramid wrth iddo ddringo at yr uchelfannau. Roedd yn siwrne araf, gan fod Mr Pishyn yn mynnu stopio'r llifft er mwyn astudio pob llawr wrth basio.

"Nid Esyllt oedd yr unig un gafodd ei brifo yn ystod y frwydr dros ei chorff. Mae'r bwystfil wedi drysu'n llwyr ers i ni ei gloi yn y cawell – a'r dryswch yn cael ei drosglwyddo i bobl eraill fel ymbelydredd," meddai Mr Pishyn.

Wrth iddyn nhw deithio ymhellach i fyny'r pyramid, ymddangosodd pawb yn fwy ac yn fwy dryslyd. Ar un llawr, roedd glanhäwr yn brwsio ei ddannedd gyda mop. Ar y llawr uwch ei ben, roedd perchennog ci wedi rhoi tennyn o amgylch ei wddw ei hun ac wrthi'n cyfarth fel pwdl. Ymhellach i fyny, roedd dau greadur tebyg i lwynogod yn ymdrechu i rwymo arddyrnau ei gilydd – yr un ohonyn nhw'n siŵr pwy oedd yr asiant, a phwy oedd y carcharor.

"Effeithiau dros dro, diolch byth, ond braidd yn ddychrynllyd. Rhedais ar wib o gawell y bwystfil er mwyn rhoi'r helmedau i bawb, ond erbyn cyrraedd y llawr gwaelod roeddwn i wedi anghofio pam fy mod i yno," meddai Mr Pishyn. "Mae'n rhaid mai dyna pam ofynnais i amdanat ti, Llipryn. Er mwyn tawelu meddwl dryslyd y bwystfil."

Daeth lefel uchaf y pyramid i'r golwg – un ystafell eang gyda llawr yn clatran ac yn cloncian yn swnllyd, a waliau wedi'u plastro â thrwmpedau. Cafodd y criw eu cyfarch gan ddau asiant yn gwenu'n ddiog. Roedden nhw'n gafael mewn gynnau laser, ond yn eu chwarae fel gitârs.

"Mynnais i eich bod yn gwisgo'r helmedau!" meddai Mr Pishyn, yn flin. "Fi'n credu fy mod i wedi mynnu, beth bynnag."

"Helmedau? Be 'di peth felly?" gofynnodd un o'r asiantiaid.

"Swnio'n flasus dros ben. Rydyn ni bron â llwgu!" meddai'r llall.

Gwthiodd Mr Pishyn yr asiantiaid i un ochr, a cherdded i mewn i'r ystafell. Dilynodd Heddwyn a Betsan, a gweld y bwystfil.

Eisteddai mewn cawell laser o'r radd flaenaf, oedd fel arfer yn cael ei ddefnyddio er mwyn rhwystro tyllau duon rhag tyfu yn y gofod. Roedd ei gefn blonegog tuag atyn nhw, ac roedd wrthi'n crafu ei ben.

"Nawr, sa i'n gwybod beth yw ystyr hyn – ond rhowch y gorau iddi, ar unwaith," meddai Mr Pishyn. "Mae'n well gen i eich cadw'n fyw, ond wna i ddim oedi i'ch trwmpedu'n ddidrugaredd."

Trodd y bwystfil tuag atyn nhw. Roedd ganddo dri llygad a dwy dafod ddu yn dal i fod, a cheg fawr lafoeriog, ond roedd rhywbeth gwahanol amdano hefyd. Fel arfer, disgleirai ei lygaid â chynddaredd, ond bellach roedden nhw'n wag ac yn llawn dryswch.

"Pwy dach chi?" gofynnodd y bwystfil. Roedd ei lais yn feddal, ond ddim yn llithrig bellach. "Pwy 'di'r boi 'ma yn y trowsus od a'r ferch efo bag ar ei chefn? Pwy ydw i?"

"O, na. Dydi hwnna ddim yn ein twyllo ni," meddai Betsan, gan gamu yn ei blaen. "Ti – a ni – yn gwbod yn union pwy wyt ti."

"Ydych chi? Ydych chi wir? O, dyna newyddion campus!" Daeth mymryn o obaith i dri llygad y bwystfil. "Pwy ydw i, felly? Chi ydi fy unig obaith i. Dwi'n erfyn arnoch chi. Help."

Bydd Betsan a Heddwyn Pwpsyn
yn dychwelyd.

Y BWYSTFIL
A'R BETSAN 3

Allan o'i gawell
yn fuan iawn ...

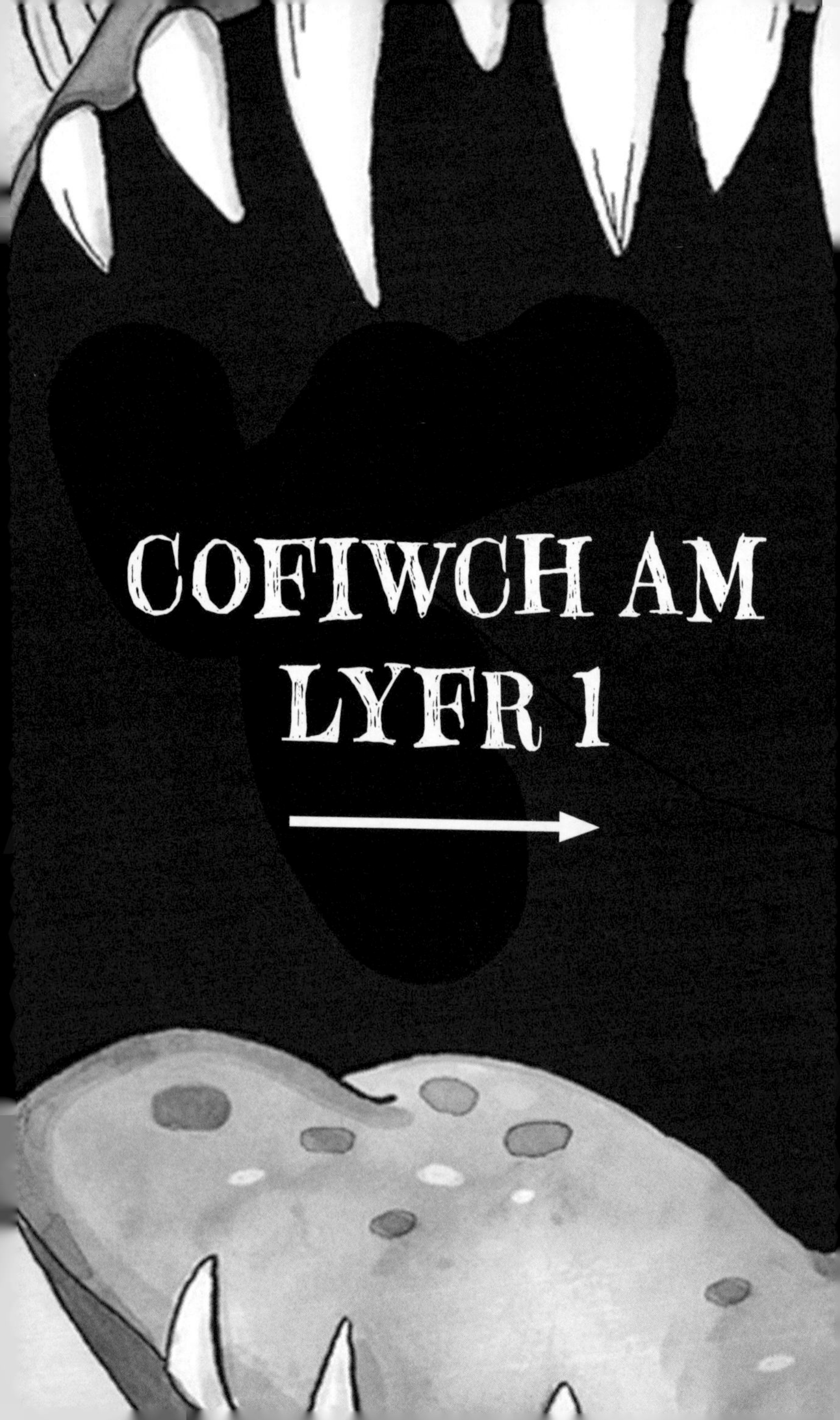

COFIWCH AM
LYFR 1

Y
BWYSTFIL
a'r
BETSAN
BETSAN
EWCH I GRAELU
JACK MEGGITT-PHILLIPS
Darluniau gan Isabelle Follath
Addasiad gan Elidir Jones

Mae JACK MEGGITT-PHILLIPS yn foi dialgar dros ben. Ar hyn o bryd, mae'n bwriadu dial yn greulon ar: y dyn post, ci bach ei gymdogion, a'i nain ei hun. Pan nad yw'n ysgrifennu llyfrau, mae Jack yn mwynhau gweu botymau aur ar grysau pobl eraill, a siarad yn glên gyda waliau cyfagos.

Mae ISABELLE FOLLATH yn aelod caredig, gofalgar, daionus o'r ddynol ryw – ond os ydych chi'n ei digio hi, mae'n well i chi fynd i grafu nerth eich traed. Mae Isabelle yn aml yn defnyddio ei gwaith celf er mwyn carcharu eneidiau ei gelynion rhwng tudalennau llyfr, ond does ganddi ddim byd yn erbyn ffurfiau mwy traddodiadol o ddial chwaith.